SHIJIE SANWEN
JINGPINJI CONGSHU

TONG NIAN YISHI

童年轶事

本书编写组◎编

世界图书出版公司

广州·北京·上海·西安

图书在版编目（CIP）数据

童年轶事／《童年轶事》编写组编．—广州：广
东世界图书出版公司，2010.8（2024.2重印）
ISBN 978－7－5100－2616－4

Ⅰ．①童… Ⅱ．①童… Ⅲ．①散文－作品集－世界
Ⅳ．①I16

中国版本图书馆 CIP 数据核字（2010）第 160321 号

书　　名	童年轶事	
	TONGNIAN YISHI	
编　　者	《童年轶事》编写组	
责任编辑	张梦婕	
装帧设计	三棵树设计工作组	
出版发行	世界图书出版有限公司　世界图书出版广东有限公司	
地　　址	广州市海珠区新港西路大江冲 25 号	
邮　　编	510300	
电　　话	020-84452179	
网　　址	http://www.gdst.com.cn	
邮　　箱	wpc_gdst@163.com	
经　　销	新华书店	
印　　刷	唐山富达印务有限公司	
开　　本	787mm×1092mm　1/16	
印　　张	13	
字　　数	160 千字	
版　　次	2010 年 8 月第 1 版　2024 年 2 月第 12 次印刷	
国际书号	ISBN　978-7-5100-2616-4	
定　　价	59.80 元	

版权所有　翻印必究

（如有印装错误，请与出版社联系）

前　言

　　散文是与诗歌、小说、戏剧并称的文学样式，素有"美文"之称，包括随笔、游记、杂文、书信、回忆录、小品、评论、日记、通讯等多种形式。散文可以描绘秀美山川，可以怀念田园牧歌，可以赞美至爱亲情，也可以展示个人的生活情调，其形式自由、篇幅短小、取材广泛、写法灵活、语言优美，能比较迅速地反映生活，深受人们喜爱。

　　散文可以分为叙事散文、抒情散文、写景散文、哲理散文四类。叙事散文以写人记事为主，对人和事的叙述和描绘较为具体、突出，侧重从叙述人物和事件的发展变化过程反映事物的本质，具有时间、地点、人物、事件等因素，同时表现作者的认识和感受，带有浓厚的抒情成分，字里行间充满饱满的感情；抒情散文注重表现作者的思想感受，抒发作者的思想感情，通常没有贯穿全篇的情节，具有强烈的抒情性，它或直抒胸臆，或触景生情，洋溢着浓烈的诗情画意，即使描写的是自然风物，也赋予了深刻的社会内容和思想感情，具有强烈的艺术感染力；写景散文以描绘景物为主，多在描绘景物的同时抒发感情，或借景抒情，或寓情于景，抓住景物的特征，按照空间的变换顺序，运用移步换景的方法，把观察的事物的变化作为全文的脉络，借助生动的景物描绘烘托人物的思想感情；哲理散文则是感悟的参透、思想的火花、理念的凝聚、睿智的结晶，它纵贯古今，横亘中外，包容大千世界，穿透人生社会，寄寓于人生百态、家长里短，闪现思维领域的万千景观，善于抓住哲理闪光的瞬间，形诸笔墨，内涵丰厚、耐人寻味。总之，散文有"形散而神不散"、意境深邃、注重表现作者的生活感受、抒情性强、情感真挚、语言优美凝练、富于文采等特点。

另外，散文除了有精神的见解、优美的意境外，还有清新隽永、质朴无华的文采。经常读一些好的散文，不仅可以丰富知识、开阔眼界、培养高尚的思想情操，还可以从中学习选材立意、谋篇布局和遣词造句的技巧，提高自己的语言表达能力。希望我们精心选编的这套世界散文集能带给读者诸多收获。

编　者

目 录

❖**作者简介：**厄内斯特·勒南（1823～1892），法国历史学家。代表作有
《耶稣传》等。

在雅典卫城上的祈祷

我很晚才开始有回忆。年轻的时候，一种不可推却的责任使我
去解决我自己的哲学和宗教方面的最高问题，我怀有的是为生活而
斗争的人的渴望，而非思辨者的狂放不羁。我无暇往后看。随后，
我就被糊里糊涂地抛进时代的潮流之中，面对一种实际上对我和对
那些可能看到土星社会或金星社会的人同样新奇的景象。我发现，
与我在伊西和圣絮尔比斯之所见相比，这一切都是软弱的，在道德
上是低等的；然而，欧仁·布尔努夫一流人所从事的科学及批评的
优越，库辛先生的谈话洋溢着的无与伦比的生命力，德国在几乎所
有历史科学中所进行的伟大变革，然后是旅行，还有写作的热情，
又将我裹挟而去，使我不能思考那些离我远去的岁月。我在叙利亚
的居留更使我远离旧日的回忆。我在那里发现的全新的感觉，我在
那里看到的神圣，与我那寒冷而忧郁的故土全然不同的世界，又把
我消融殆尽。一时间，我梦见了贾拉阿德的燃烧的山脉，萨夫德的
绝壁，弥赛亚就出现在那里；我梦见了迦密山和它那上帝播种的银
莲花盛开的原野；我还梦见了阿法卡深渊，阿多尼斯河从那里流出。
怪哉！那是在雅典，1865 年，我第一次体验到一种向后转的强烈感
觉，仿佛一股清凉的、沁人心脾的微风从很远的地方吹来。

雅典给我的印象最为强烈，远远地超过我先前的种种感受。有

一个地方，那里存在着完美，这种地方并非有两个，单单就是此地。我从未想象过类似的地方。那是呈现在我面前的潘特利克大理石。到那时为止，我一直认为完美不属于这世界；我觉得这种唯一的启示接近于绝对。很久以来，我不再相信确切意义上的奇迹；然而，犹太人民的通向耶稣和基督教的独特命运出现在我的面前，仿佛某种独一无二的东西。于是在这里，在犹太奇迹的旁边，我又看见了希腊奇迹，这是一种只存在过一次，空前绝后的东西，我想说，这是一种永恒的美，毫无地方的或民族的瑕疵。来此之前，我清楚地知道，希腊曾经创造了科学、艺术、哲学、文明；然而其规模，我却不甚了了。当我看见雅典卫城时，我突然悟到了神，就像我在卡西温高原上瞥见约旦河谷时感到了活生生的福音而第一次悟到神一样。那时，我觉得整个世界一下子变得野蛮。东方以其排场、炫耀、欺骗令我不快。罗马人不过是些粗鲁的武夫；在我看来；比诸这些自豪而平静的公民之单纯的高贵，最美的罗马人如奥古斯都、图拉真等的威严不过是装模作样罢了。我觉得，克尔特人、德意志人、斯拉夫人都是有责任心然而却艰难地文明化的斯基泰人的一支。我发现我们的中世纪既乏才情又无风度，高傲得不合时宜，又浑身的学究气。依我看，查里曼大帝像个肥胖的德国马夫，我们的骑士亦像是一些呆头呆脑之人，徒招地米斯托利克和亚西比德掩口讪笑。这里曾经有过一个具有贵族风度的人民，一个全部由内行组成的公众，一种抓得住精细得连我们的那些雅士都看不大出来的艺术之微妙变化的民族。这里的公众理解是什么造就了雅典卫城山门的美和帕提侬神庙雕刻的超绝。这种对于真正的、单纯的崇高的启悟一直达到我灵魂的深处。在此之前我知道的似乎只是一种虚伪的艺术的努力，一种由愚蠢的排场、江湖骗术和奇形怪状构成的陈辞烂调。

这些感觉包围着我，主要是在雅典卫城上。与我一道的是一位很好的建筑师，他总是对我说，他认为神的真实性和人为他们所立之庙宇的坚实的美成正比。根据这一点判断，雅典是举世独存无与伦比的。实际上，令人惊奇的是，在这里美只是绝对的诚实、理智、对神明的崇敬本身。建筑物隐蔽的部分和暴露的部分得到同样精心的处理。而在我们的教堂里，那些逼真画无一不带有一种永远的企图，在关于供品的价值上将神明引入歧途。这里的严肃，这里的公正，使我因不止一次为一种不那么纯洁的理想作出牺牲而感到脸红。我在圣山上度过的时光乃是我祈祷的时光。我的一生在我眼前重新过了一遍，仿佛一次全面的忏悔。然而更为奇特的是，我在忏悔罪孽的同时，竟然又爱上了这些罪孽；我决心成为古典的，结果使我加速奔向对立的一极。我在我的旅途日记中发现一张已经陈旧的纸，上面写道：

在雅典卫城上的祈祷

我终于理解了

它那完整的美

"哦，崇高！哦，单纯而真实的美！女神啊，对你的崇拜意味着理智和智慧，你的神庙是关于良知和真诚的永恒的教诲，我迟迟才来到你的奥秘跟前。为了找到你，我作过无尽的探求。你对新生的雅典人的启蒙是通过微笑进行的，而我获得启蒙是凭借着苦苦的思索，付出了长期的努力。

"蓝眼睛的女神啊，我的父母是野蛮人，我出生在善良刚毅的齐美尔人中间，他们居住在阴沉沉的大海之滨，危石林立，终年风暴不断。阳光稀少，花儿就是海边的苔藓、藻类和荒僻的海湾深处的五彩贝壳。云仿佛没有颜色，就是欢乐也有些悲伤，但有凛冽的泉水从岩石间流出，姑娘们的眼睛也如碧绿的泉水一样，映着天空，其深处有袅娜的草摆动。

"我的祖先，凡我们能够数到的，都毕生从事遥远的航行，在你的阿耳戈英雄们也不曾到达的海上。我年轻的时候，听见过有关极地航行的歌谣；我的记忆中充满漂浮的冰山、奶一样雾蒙蒙的大海、栖息着啼唱，有时群飞蔽空的鸟儿的岛屿。

"一些有着奇特崇拜的教士，出自巴勒斯坦的叙亚人，负责教育我。这些教士很聪明，又严守教规。他们教我克罗诺斯的长历史。这克罗诺斯创造了世界，他的儿子据说是在大地上进行过一次旅行。他们的神庙也像你的一样很高很高，哦，厄里特米，仿佛森林一般；只是这些神庙不牢固，五六百年即化为废墟：野蛮人异想天开，以为在你为信徒们规定的准则之外也可以有所成就，哦，理智。然而我喜欢这些神庙，我在里面发现了上帝，因为我不曾研究过你的神圣的艺术。人们在里面唱圣歌，至今我还记得：'敬礼，大海的星辰……在这条泪谷中呻吟的人们的女王……'；或者：'神秘的玫瑰，象牙之塔，黄金之屋，早晨的星……'你看，女神，想起这些歌，我的心就融化了，我几乎成了叛教者。饶恕我这可笑的人吧；你不能想象野蛮人的魔术师放进这些诗句中的魅力，我要追随赤裸裸的真理得付出多么大的代价啊。

"再者，你知道为你服务是多么的困难呀！斯文已然扫地，斯基泰人征服了世界。自由人组成的共和国已荡然无存。只剩下三个血统重浊的国王，其威严只会博你一粲。一些笨重的极北方人称为你服务为轻浮……可怕的粗俗，各种愚昧沆瀣一气，在世界上方张起一个大铅盖，压得人喘不过气来。包括那些为你增光的人，他们应该得到你的怜悯！你还记得那个喀里多尼亚人吗？五十年前，他用榔头砸碎了你的神庙，要把它带到图雷去？他们都会这样做……我曾经依照你喜欢的几条准则，哦，忒俄诺厄写过我儿时为之效劳的年轻的神的传记，他们就把我当作一个埃维迈尔派来对待；他们写信问我有什么目的；他们只尊敬那种使他们的雅典银行家的桌子上堆满财物的东西。哦，天哪，为什么要写神的生平！如果不是为了让人们爱他们身上的神，为了证明这神还活着并且将在人的心中永远活着？

"你还记得那一天吗，在狄奥尼索多斯当执政官的时期，一个丑陋的小犹太人说着叙利亚人的希腊语，来到这里，跑遍你的神庙前的广场，完全误解了你的铭文，以为在你的神殿内发现了一个献给一位神祇的祭坛，这位神祇就是不为人知的上帝。好了！这小犹太人把它搬走了；一千年间，人们把你当成偶像，哦，真理；一千一年间，世界一片荒芜，什么花儿也不长。这期间，你缄口不言，哦，萨尔班克斯，思想的号角。秩序的女神，天之稳定的形象，人们因爱你而有罪，今天，由于认真地工作，我们得以接近你，有人指责我们因挣脱了柏拉图已然抛弃的锁链而犯下反对人类精神之罪。

　　"唯有你是年轻的，哦，科瑞；唯有你是纯洁的，哦，圣母；唯有你是健康的，哦，许癸厄亚；唯有你是强大的，哦，维克托利亚。城邦，你来守护，哦，普洛马科斯；你拥有玛尔斯所必需的东西，哦，艾雷阿；和平是你的目的，哦，帕西菲克。立法者，公正的宪法之源；德漠克拉西，你的根本信条是一切善皆来自人民，在没有人民养育天才启发天才的地方，就一切皆无，请教会我们从不洁的人群中提炼钻石吧。朱庇特的旨意，神圣的工匠，一切工业的母亲，劳动的保护者，哦，俄耳加涅，你造就了文明的劳动者的高贵，使它们高居于懒惰的斯基泰人之上；智慧，你乃是宙斯反躬自省深深地呼吸之后所生；你住在你父亲的体内，与他的本质浑然一体；你是他的伴侣和良知；宙斯的毅力，在英雄和天才身上点燃并保持火焰的火星，让我们成为完全的唯灵论者吧。雅典人和罗得斯人为了牺牲而战斗的那一天，你选择了跟雅典人在一起，因为他们更明智。然而你的父亲让普路托斯在一片金云中降于罗得斯人的城邦之上，因为他们也向他的女儿表示了敬意。罗得斯人富有；然而雅典人拥有精神，这是真正的快乐，永恒的欢笑，心灵的神圣的童年。

　　"世界只有回到你的身边，放弃与野蛮人的联系，才能获救。让我们跑吧，让我们成群结队地来吧。那一天将是多么美啊，那些获得了你的神庙的残片的城市，如威尼斯、巴黎、伦敦、哥本哈根，将修补它们的赃物，制订神圣的理论，以便归还他们拥有的残片，同时说道：'饶恕我们，女神！这原是为了从夜之恶杀手里抢救它们

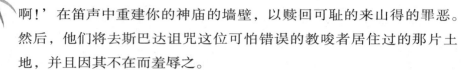

啊!'在笛声中重建你的神庙的墙壁,以赎回可耻的来山得的罪恶。然后,他们将去斯巴达诅咒这位可怕错误的教唆者居住过的那片土地,并且因其不在而羞辱之。

"我坚信你,我将抵制我那些摆脱不掉的劝导者:抵制我的怀疑主义,它使我怀疑人民;抵制我精神上的不安,真理已被发现,它还让我寻找;抵制我的幻想,理智作出判断之后,它仍不让我平静。哦,阿尔舍杰特,你是天才人物在其杰作中加以体现的理想,我宁愿在你的侍从中居末位,也不愿在别处当第一。是的,我愿被绑在你的神庙的柱座上;除了你的戒律,我将忘掉其他一切戒律;我将在你的柱头上做隐士,我的隐修室就在你的柱顶盘的下楣上。有一件更为困难的事情!如果我能,我将为了你而不宽容、而不公正。我将只爱你。我将只学习你的语言,忘记别的语言。我将不公平地对待与你无关者,我将做你的最后一个儿子的仆人。你送给厄瑞克透斯的那些居民现仍住在大地上,我将颂扬他们,恭维他们。我将试着去爱他们的缺点,哦,希皮亚,我将使自己相信,他们的先祖是在你的神庙的中楣上庆祝其永恒节日的骑兵们。我将从我的心上抽去任何不属于理智和纯艺术的纤维。我将不再喜欢我的疾患,不再对我的高热洋洋自得。支持我的豪言壮语吧,哦,萨洛斯;帮助我吧,你这拯救者!

"实际上我已预见到多少困难啊!我有多少精神习惯要改变!我有多少美妙的回忆要从心中清除!我将一试,然而我对自己并没有把握,我认识你很晚,完整的美。我会走弯路,我会有软弱的时候。一种哲学,无疑是邪恶的,使我相信善与恶、快乐与痛苦、美与丑、理智与疯狂都通过有如鸽子的脖子一样不可分辨的层次变化而相互转化。勿绝对地爱,勿绝对地恨,于是而成智慧。倘若一个社会,一种哲学,一种宗教拥有了绝对真理,这个社会,这种哲学,这种宗教就会战胜其他社会、其他哲学、其他宗教,而自己将孤零零地生活于此刻。迄今为止,那些认为自己有理的人是错了,我们看得清清楚楚。我们能够不怀疯狂的自负之心相信后之视今不若今之视昔吗？这就是我那中毒很深的精神暗示我说出的亵渎神明的话。一种像你那样的文学从各方面看都是健康的，然而现在也只能引起无聊之感。

"你笑我天真。是的，无聊……我们腐败了：有什么办法？我将远行，东正教的女神啊，我将对你说出我内心深处的堕落。理智和常情常理不够了。在冰冻的斯特里蒙河与色雷斯城的陶醉中有诗存在。将会有那样的世纪到来，你的弟子们会被看做是无聊之弟子。世界比你相信的要大。如果你见过极地的雪和南方之天的神秘，你的额头，哦，永远平静的女神？就不会那么泰然了；你那更为硕大的头会燃烧起各种不同类型的美。

"你是真实的，纯洁的，完美的；你的大理石毫无瑕疵；然而地处拜占庭的智慧的索非亚神庙用它的砖和石膏也产生出一种神圣的效果。它是天之拱顶的形象。它将倒坍，但是，假如你庙中的神殿大到能容纳一大群人的程度，它也会倒坍的。

"一条宽阔的遗忘之河把我们卷入一个无名的深渊。哦，无底洞，你是唯一的上帝。所有人民的泪是真正的泪；所有智者的梦包含着部分的真实。人世间一切都只是象征和梦幻。神像人一样地走过，它们若是长生不老，这并非一件好事。人的信仰永远不应该是一条锁链。人把它细心地卷进死去的神安息的紫红色尸衣之中，人与信仰也就两清了。"

❖**作者简介：** 乔治·桑（1804～1876），法国女小说家。主要作品有《魔沼》、《金色树林的美男子》等。

冬天之美

　　我从来热爱乡村的冬天。我无法理解富翁们的情趣，他们在一年当中最不适于举行舞会、讲究穿着和奢侈挥霍的季节，将巴黎当作狂欢的场所。大自然在冬天邀请我们到火炉边去享受天伦之乐，而且正是在乡村才能领略这个季节罕见的明朗的阳光。在我国的大都市里，臭气熏天和冻结的烂泥几乎永无干燥之日，看见就令人恶心。在乡下，一片阳光或者刮几小时风就使空气变得清新，使地面干爽。可怜的城市工人对此十分了解，他们滞留在这个垃圾场里，实在是由于无可奈何。我们的富翁们所过的人为的、悖谬的生活，违背大自然的安排，结果毫无生气。英国人比较明智，他们到乡下别墅里去过冬。

　　在巴黎，人们想象大自然有六个月毫无生机，可是小麦从秋天就开始发芽，而冬天惨淡的阳光——大家惯于这样描写它——是一年之中最灿烂、最辉煌的。当太阳拨开云雾，当它在严冬傍晚披上闪烁发光的紫红色长袍坠落时，人们几乎无法忍受它那令人炫目的光芒。即使在我们严寒却偏偏不恰当地称为温带的国家里，自然界万物永远不会除掉盛装和失去盎然的生机，广阔的麦田铺上了鲜艳的地毯，而天际低矮的太阳在上面投下了绿宝石的光辉。地面披上了美丽的苔藓。华丽的常春藤涂上了大理石般的鲜红和金色的斑纹。

报春花、紫罗兰和孟加拉玫瑰躲在雪层下面微笑。由于地势的起伏，由于偶然的机缘，还有其他几种花儿躲过严寒幸存下来，而随时使你感到意想不到的欢愉。虽然百灵鸟不见踪影，但有多少喧闹而美丽的鸟儿路过这儿，在河边栖息和休憩！当地面的白雪像璀璨的钻石在阳光下闪闪发光，或者当挂在树梢的冰凌组成神奇的连拱和无法描绘的水晶的花彩时，有什么东西比白雪更加美丽呢？在乡村的漫漫长夜里，大家亲切地聚集一堂，甚至时间似乎也听从我们使唤。由于人们能够沉静下来思索，精神生活变得异常丰富。这样的夜晚，同家人围炉而坐，难道不是极大的乐事吗？

❖**作者简介：**米歇尔·埃凯姆·蒙田（1533～1592），法国思想家。主要作
品有《蒙田随笔全集》等。

🍃出 行

　　我嘛，常常旅游消遣，安排得倒不赖。如果右边景色不佳，我
便取道左边。如果不宜于骑马，我便停下不走。这样一来，我实际
所见的，无一不如我家一样有趣，一样赏心悦目。……我漏掉了什
么东西来不及看吗？那么我就折回去。反正是我自己安排的路程。
我没有预定的路线，笔直的路线或弯来弯去的路线都没有。人家曾
向我提及的东西，我所到之处，是不是都接触到了呢？往往有这样
的情况：别人的看法与我自己的看法并不相符，而且我常常觉得，
他们的看法是错的。我并不为自己花了力气而可惜：我到底弄清了
人家的说法并不真实。

　　我性情随和，兴趣广泛，和世人没有两样。别的民族的不同生
活方式，正因其多彩多姿而深深打动我。每一习俗都自有其道理。
无论用的是锡盘子、木盘子或陶土盘子；食物无论是煮或烤；不管
下的是牛油、胡桃油；不论冷盘或热食，我都视之如一。正因为这
样，临老了，我便抱怨起我这种豪放的吸收力来。我需要佳肴、美
食以改变我不辨精粗的胃口，有时也为了免得增加肠胃负担。我在
国外的时候，人家出于对我表示礼貌，问我要不要吃法国菜，我是
不领情的，我总是到外国人最多的餐桌就座。

　　我们有些同胞抱着这种荒谬的情绪：一看到不同的事物形式便

大惊小怪，我真为他们感到赧颜，因羞惭而脸红。他们离开了自己的家乡之后，就如鱼失水似的；无论到什么地方，他们都坚持自己的生活方式，对外人的生活方式表示厌恶的态度。他们在匈牙利遇见一名法国人，大家便来庆贺一番，聚在一起，亲亲热热，大肆指斥他们所见到的野蛮习俗。既然不是法兰西的习俗，怎么能不野蛮？能发现这样的野蛮习俗加以谴责的人还是最聪明的哩。大部分人的偶然出行不过是去而复返而已。他们把自己封闭起来，谨小慎微，沉默寡言，不与人交往，生怕自己感染了异国的空气。

　　我这样谈他们的时候，我又想起有时见到的某些青年廷臣的情形，那也有相似之处。他们也只和自己那伙人交往，把我们视作是另一个世界的人，不屑一顾，或以怜悯的眼光看待。你要是不让他们谈朝廷的明争暗斗吧，他们就会茫然若失，不知谈什么好。他们会在我们面前表现得相当幼稚，正如我们在他们面前显得十分笨拙一样。"一个有良好教养的人应该是一个多见世面的人。"这话说得再好不过了。

　　与此相反，我出门旅行是因为对自己的生活方式感到腻烦。我到了西西里就不去会加斯尼科人（在家里的加斯尼科人已经够多了）。我要会的是希腊人，波斯人。我和他们打交道，考察他们。我融合到他们当中，在他们身上花力气。而且似乎我所见的习俗，大体上都是可以和我们自己的习俗媲美的。当然，我的探奇还不深入，因为我离自己的家门不算太远。

❖**作者简介：** 阿尔贝·加缪（1913～1960），法国作家。主要作品有小说《局外人》、《鼠疫》和剧本《戒严》等。

西西弗的神话

诸神处罚西西弗不停地把一块巨石推上山顶，而石头由于自身的重量又滚下山去，诸神认为再也没有比进行这种无效无望的劳动更为严厉的惩罚了。

荷马说，西西弗是最终要死的人中最聪明最谨慎的人。但另有传说说他屈从于强盗生涯。我看不出其中有什么矛盾。各种说法的分歧在于是否要赋予这地狱中的无效劳动者的行为动机以价值。人们首先是以某种轻率的态度把他与诸神放在一起进行谴责，并历数他们的隐私。阿索玻斯的女儿埃癸娜被朱庇特劫走。父亲对女儿的失踪大为震惊并且怪罪于西西弗，深知内情的西西弗对阿索玻斯说，他可以告诉他女儿的消息，但必须以给柯兰特城堡供水为条件，他宁愿得到水的圣浴，而不是天火雷电。他因此被罚下地狱，荷马告诉我们西西弗曾经扼住过死神的喉咙。普洛托忍受不了地狱王国的荒凉寂寞，他催促战神把死神从其战胜者手中解放出来。

还有人说，西西弗在临死前冒失地要检验他妻子对他的爱情。他命令她把他的尸体扔在广场中央。不举行任何仪式。于是西西弗重堕地狱。他在地狱里对那恣意践踏人类之爱的行径十分愤慨。她获得普洛托的允诺重返人间以惩罚他的妻子。但当他又一次看到这大地的面貌，重新领略流水、阳光的抚爱，重新触摸那火热的石头、

宽阔的大海的时候，他就再也不愿回到阴森的地狱中去了。冥王的诏令、气愤和警告都无济于事。他又在地球上生活了多年，面对起伏的山峦，奔腾的大海和大地的微笑他又生活了多年。诸神于是进行干涉。墨丘利跑来揪住这冒犯者的领子，把他从欢乐的生活中拉了出来，强行把他重新投入地狱，在那里，为惩罚他而设的巨石已准备就绪。

我们已经明白：西西弗是个荒谬的英雄。他之所以是荒谬的英雄，还因为他的激情和他所经受的磨难。他藐视神明，仇恨死亡，对生活充满激情，这必然使他受到难以用言语尽述的非人折磨：他以自己的整个身心致力于一种没有效果的事业。而这是为了对大地的无限热爱必须付出的代价。人们并没有谈到西西弗在地狱里的情况。创造这些神话是为了让人的想象使西西弗的形象栩栩如生。在西西弗身上，我们只能看到这样一幅图画：一个紧张的身体千百次地重复一个动作——搬动巨石，滚动它并把它推至山顶；我们看到的是一张痛苦扭曲的脸，看到的是紧贴在巨石上的面颊，那落满泥土、抖动的肩膀，沾满泥土的双脚，完全僵直的胳膊，以及那坚实的满是泥土的人的双手。经过被渺渺空间和永恒的时间限制着的努力之后，目的就达到了。西西弗于是看到巨石在几秒钟内又向着下面的世界滚下，而他则必须把这巨石重新推向山顶。他于是又向山下走去。

正是因为这种回复、停歇，我对西西弗产生了兴趣。这一张饱经磨难近似石头般坚硬的面孔已经自己化成了石头！我看到这个人以沉重而均匀的脚步走向那无尽的苦难。这个时刻就像一次呼吸那样短促，它的到来与西西弗的不幸一样是确定无疑的，这个时刻就是意识的时刻。在每一个这样的时刻中，他离开山顶并且逐渐地深入到诸神的巢穴中去，他超出了他自己的命运。他比他搬动的巨石还要坚硬。

如果说，这个神话是悲剧的，那是因为它的主人公是有意识的。

若他行的每一步都依靠成功的希望所支持，那他的痛苦实际上又在哪里呢？今天的工人终生都在劳动，终日完成的是同样的工作，这样的命运并非不比西西弗的命运荒谬。但是，这种命运只有在工人变得有意识的偶然时刻才是悲剧性的。西西弗，这诸神中的无产者，这进行无效劳役而又进行反叛的无产者，他完全清楚自己所处的悲惨境地：在他下山时，他想到的正是这悲惨的境地。造成西西弗痛苦的清醒意识同时也就造就了他的胜利。不存在不通过蔑视而自我超越的命运。

如果西西弗下山推石在某些天里是痛苦地进行着的，那么这个工作也可以在欢乐中进行。这并不是言过其实。我还想象西西弗又回头走向他的巨石，痛苦又重新开始。当对大地的想象过于着重于回忆，当对幸福的憧憬过于急切，那痛苦就在人的心灵深处升起：这就是巨石的胜利，这就是巨石本身。巨大的悲痛是难以承担的重负。这就是我们的客西马尼之夜。但是，雄辩的真理一旦被认识就会衰竭。因此，俄狄浦斯不知不觉首先屈从命运。而一旦他明白了一切，他的悲剧就开始了。与此同时，两眼失明而又丧失希望的俄狄浦斯认识到，他与世界之间的唯一联系就是一个年轻姑娘鲜润的手。他于是毫无顾忌地发出这样震撼人心的声音："尽管我历尽艰难困苦，但我年逾不惑，我的灵魂深邃伟大，因而我认为我是幸福的。"索福克勒斯的俄狄浦斯与陀思妥耶夫斯基的基里洛夫都提出了荒谬胜利的法则。先贤的智慧与现代英雄主义汇合了。

人们要发现荒谬，就不能不想到要写某种有关幸福的教材。"哎，什么！就凭这些如此狭窄的道路……"但是，世界只有一个。幸福与荒谬是同一大地的两个产儿。若说幸福一定是从荒谬的发现中产生的，那可能是错误的。因为荒谬的感情还很可能产生于幸福。"我认为我是幸福的"，俄狄浦斯说，而这种说法是神圣的。它回响在人的疯狂而又有限的世界之中。它告诫人们一切都还没有也从没有被穷尽过。它把一个上帝从世界中驱逐出去，这个上帝是怀着不

世界散文精品集丛书

满足的心理以及对无效痛苦的偏好而进入人间的。它还把命运改造成为一件应该在人们之中得到安排的人的事情。

西西弗无声的全部快乐就在于此。他的命运是属于他的。他的岩石是他的事情。同样，当荒谬的人深思他的痛苦时，他就使一切偶像哑然失声。在这突然重又沉默的世界中，大地升起千万个美妙细小的声音。无意识的、秘密的召唤，一切面貌提出的要求，这些都是胜利必不可少的对立面和应付的代价。不存在无阴影的太阳，而且必须认识黑夜。荒谬的人说"是"，但他的努力永不停息。如果有一种个人的命运，就不会有更高的命运，或至少可以说，只有一种被人看做是宿命的和应受到蔑视的命运。此外，荒谬的人知道，他是自己生活的主人。在这微妙的时刻，人回归到自己的生活之中，西西弗回身走向巨石，他静观这一系列没关联而又变成他自己命运的行动，他的命运是他自己创造的，是在他的记忆的注视下聚合而又马上会被他的死亡固定的命运。因此，盲人从一开始就坚信一切人的东西都源于人道主义，就像盲人渴望看见而又知道黑夜是无穷尽的一样，西西弗永远行进。而巨石仍在滚动着。

我把西西弗留在山脚下！我们总是看到他身上的重负。而西西弗告诉我们，最高的虔诚是否认诸神并且搬掉石头。他也认为自己是幸福的。这个从此没有主宰的世界对他来讲既不是荒漠，也不是沃土。这块巨石上的每一颗粒，这黑黝黝的高山上的每一颗矿砂唯有对西西弗才形成一个世界。他爬上山顶所要进行的斗争本身就足以使一个人心里感到充实。应该认为，西西弗是幸福的。

❖ 作者简介：罗曼·罗兰（1868～1944），法国著名作家。代表作长篇小说《约翰·克利斯朵夫》。1915 年获诺贝尔文学奖。

鼠 笼

在我小时候，心中头一个疑问就是：

"我是打哪儿来的？人家把我关在什么地方了？"

我出生在一个小康的中产家庭里，周围有爱我的亲人，这个家庭处在一个景物宜人的地方，到后来我对那地方也曾回味过，也曾借着我考拉的声音赞颂过那种喜洋洋的土风。

我怎么会在刚踏进人生的小小年纪，头一个最强烈最持久的感触就是——又暧昧，又烦乱，有时候顽强，有时候忍受的：

"我是一个囚犯！"

佛朗索瓦一世，一走进我们克拉美西圣·马丹古寺那个不大稳固的教堂的时候，说过这样的话："这可真是个漂亮的鼠笼！"——（这是根据传说）——我当时就是在鼠笼里的。

最先是眼底的印象：我小孩子目光所及的头一个境界。一所院子，相当的宽广，铺砌着石头，当中有一块花畦，房子的三堵墙围绕着三面，墙对我显得非常的高。第四面是街道和对街的屋宇，这些都和我们隔着一道运河。虽然这方方的院子是坐落在临水的平台之上，可是从幽禁在底层屋子里的孩子看来，它就像是动物园围墙脚下的一个深坑。

一个最切身的印象是童年的疾病和娇弱的体质。虽然我有康健

世界散文精品集丛书

的父母，富于抵抗力的血统（姓罗兰和姓古洛的都是高大，骨骼外露，没有生理的缺陷，天生耗不完的精力，使得他们一辈子硬朗、勤快，都能够活到高年。我的外祖父母满不在乎地活到八十以上，我写这篇文章的时候，我八十八岁的老父正在那里兴致勃勃地浇他的花园）。他们的身子骨在什么情形下都经得住疲乏和劳碌生活的考验，我的身子骨也和他们没什么两样，可是，在我襁褓时期却出了件意外的事，一直影响了我的一生，给我带来痛苦后果。那是因为在我未满周岁的时候，一个年轻女仆一时粗心，把我丢在冬天的寒气里忘了管我，这件事险些送了我的性命，而且给我种下支气管衰弱和气喘的毛病，使得我受累终身。人家从我的作品里，常常可以看到那些"呼吸方面的"辞藻："窒闷"、"敞开的窗户"、"户外的自由空气"、"英雄的气息"，这些都是无心的，迸发出来的，好像是飞翔受了挫折时的挣扎。这只鸟在扑着翅膀，要不就是胸脯受了伤，困在那里，满腹焦躁地缩作了一团。

最后是精神方面的印象，强烈而又深入心脾。我在十岁以前，一直是被死的念头包围着的。——死神到过我的家，在我身旁击倒了我一个年纪很小的妹妹（我下文还要说到她）。她的影子常驻在我们家里没有消散。挚情的母亲，对这件伤心事总是不能淡忘，如醉如痴地追想着那个夭殇的孩子。而我呢，我眼看着她没有两天就消失了，又老看着我母亲那么一心一意地牵记着她，死的念头始终在围着我打转，尽管在我那个年纪是多么心不在焉，只想着溜掉，可是恰恰因为我十岁或十二岁以前一直是多灾多病的，所以就更加暴露了弱点，使得那个念头容易乘虚而入了。接二连三的伤风、支气管炎、喉病、难止的鼻血，把我对生活的热劲断送得一干二净。我在小床上反复叫着：

"我不要死啊！"

而我母亲泪汪汪地抱紧了我，回答说：

"不会的，我的孩子，善心的上帝不会连你也从我手里夺去的。"

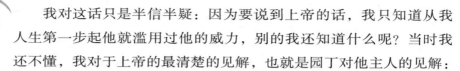

我对这话只是半信半疑：因为要说到上帝的话，我只知道从我人生第一步起他就滥用过他的威力，别的我还知道什么呢？当时我还不懂，我对于上帝的最清楚的见解，也就是园丁对他主人的见解：

老实人说：这都是君王的把戏。

向那些为王的求助，你就成了大大的傻子。

你永远也别让他们走进你的园地。

古老的房屋，呼吸困难的胸膛，死亡凶兆的包围，在这三重监狱之中，我幼年时期初步的自觉，仰仗着母亲惴惴不安的爱护而萌动起来。脆弱的植物，和庭前墙角抽华吐萼的紫藤与茄花正像是同科的姊妹。朝荣夕萎的唇瓣上所发出的浓香，混合着呆滞的运河里的腻人气息。这两种花在土地里植根，朝着光明舒展，小小的囚徒也像她们一样，带着盲目的可是还半眠半醒的本能，在空中暗自摸索，要找一条无形的出路来使自己脱逃。

最近的出路是那道暗沉沉的运河，它沿着平台的矮墙，我凭在墙头，河水浑腻而青绿，没有波纹，河上载着深凹的重船，瘦弱的纤夫几乎要倾着全身的重量来扑到地上。船栏杆上缆绳的摩擦隐约可闻。一座转桥轧铄作声，缓缓地旋动开来。船舱的小天窗上摆着一盆石榴红，从船舱里，一缕青烟在冉冉上升。舱口坐着一个女人，默默无语，缝补着活计，这时徐徐抬起头来，朝着我漠然看了一眼。船过去了……而我呢，我凭在墙头，看见墙和我一同过去。我们把那只船撇在后头了，我们漂开了。越漂越远，到了无垠的广漠。没有一丝振荡，没有一丝簌动，悠悠荡荡的，仿佛我们也像黑夜的天空一样，老是这么着，在永恒里自在滑翔。随后我们又发觉了，墙和我，还是在原来的地方做着梦。船却走了。它到得了目的地吗？另一只船接着又过来了。仿佛还是先前的那一只……

另外一条出路，更加自由而没有障碍：就是太空。——小孩子常常仰起脸来，望着飘忽的云，听着呢喃的燕语。一大片一大片的白云，在孩子的心目中都变幻成光怪陆离的建筑物（那是他初次着手的雕塑，小小的创作家是把空气当黏土来塑造的）。至于那些凶险的密云，法兰西中部夹着霹雳的倾盆暴雨，那就更不用说了！风云起处，来了害人的对头，造物主双眉紧皱，向荏弱的小囚徒重新关起天上的窗板……可是救星来了，就像是女巫的手指为我打开那旷野上的天窗……听！钟场响了，这正是圣·马丹寺的钟声！在《约翰·克利斯朵夫》的开头几页，也有这钟声在歌唱着。我未觉醒的心灵里，早就铭记住它的音乐了。在我的屋顶上面，这些钟声从古老大教堂透雕的钟楼里面袅袅而出。但这些教堂的歌鸟却没有使我想到教堂。以后我再说说我和教堂中神祇的关系。我们的关系是冷淡的，客气的，疏远的。尽管我认真努力，我也没法和神祇接近，神懂得我怎样地找过他啊！可是懂得我心事的神决不是那个神。这是向我倾听的神——为了要这个神向我倾听，我才特意把他创造出来，在我的一生中，我始终不断地向他皈依，这个神是在翱翔着的歌鸟身上的，也就是钟声，而且是在太空里的。不是圣·马丹寺高居在雕饰的拱门之上，蜷缩在他鼠笼之内的那个上帝，而是"自由之神"。——自然，在那个时期，我对他翅膀的大小是毫无所知的。我只听见那两个翅膀在寥廓的高空中鼓动。可是我却断不定它们是否比那些白云更为真实。它们是我一个怀乡梦，这个怀乡梦为我打开一线天光，转瞬就匆匆飞逝，让笼门又在我生命的暗窟上关闭了……很久很久以后，（这情形留待将来再说吧！）我爬，我推，我用前额来顶开那个笼门；在空阔的海面上，我又找到了那钟声的余韵。但是直到青春期为止，我始终是在那个紧闭的暗窟里摸索着的——我指的是勃艮第那个又大又美的暗窟，那暗窟就像是一所地窖，酒桶排列成行，桶里装着美酒，桶上结着蛛网。在那里面，除了一个女人，别的人都是逍遥自在的，我听到他们的笑声，正如我们本乡人那么会笑一样。我并不是瞧不起这种欢笑和豪饮……可是，窟外有的是阳光啊！……那真的是阳光吗？（但愿我能够知道就好了！）要不就是夜景吧？……既然那些身强力壮的人没有一个想要离开，

我知道自己软弱，也就失掉了勇气，留守在我的一隅。

我十六七岁读到《哈姆雷特》的时候，那些亲切的词句在我那暗窟的拱顶下引起了怎样的共鸣啊！

"我的好朋友们，你们什么事得罪了命运，她才把你们送进这监狱里来了？"

"监狱里？"

"丹麦就是一所监狱。"

"那么整个世界也是一所监狱。"

"一所大的监狱，里面有许多监房、暗室、地牢……"

当真的，再往下读，一句话，一句神咒般的话打开了我无穷的希望：

"上帝啊！就是把我关在一个胡桃壳里，我也会把自己当作拥有无限空间的君王。"

这就是我一生的历史。

我一回顾那遥远的年代，最使我惊异的就是"自我"的庞大。从刚离开混沌状态的那一刻起，它就勃然滋长，像是一朵大大的漫过池面的莲花。小孩子是不能像我现在这样的来估计它大小的，因为只有在人生的壁垒上碰过之后，对自我的大小才会有些数目；高举在天水之间的莲花，本来是铺展的，不可限量的，这座壁垒却逼得它把红衣掩闭起来。随着身体的生长，在许多岁月中受尽了反复的考验，这样一来，身体是越来越大了，自我却越来越小了。只在青年期快完的时候，自我才完全控制住它的躯壳。可是这种生命初期充塞于天地之间的丰富饱满，以后就一去而不可再得了。一个婴儿的精神生命和他细小的身材是不相称的。但是难得有几道电光，射进我远在天边的朦胧的记忆，还使我看到巨大的自我，盘踞在小小的生命里面称王。

以下是这些光芒中的一道，——不是离我最远的（还有别的光芒照到我三岁的时候，甚至更早），而是最深入我心的。

我年方五岁。有个妹妹，是第一个叫玛德琳的，她比我小两岁。那时是一八七一年，六月底，我们随着母亲在网尔卡旬海滨。几天以来，这孩子一直是懒洋洋的，她的精神已经委顿下去。一个庸医不晓得去诊断出她潜伏的病根，我们也没想到过不上几天就会离开我们了。有一次，她来到了海边：那天刮着风，有太阳，我和别的孩子在那里玩着；可是她没有参加，她坐在沙土上面的一把小柳条椅上，一言不发，看着男孩子们在争争吵吵，闹闹嚷嚷。我没有别的孩子那么强壮，被人家把我排挤出来，撅着嘴，抽抽咽咽的，自然而然走到这女孩子的脚边，——那双悬着的小脚还够不着地；——我把脸靠着她裙子，一面哼哼唧唧，一面拨弄着沙土。于是她用小手轻轻地抚弄着我的头发，向我说：

"我可怜的小曼曼……"

我的眼泪收住了，我也不知是受了什么打动。我朝她抬起眼来；我看见她又怜爱又凄怆的脸。当时的情形不过如此。过了一会儿，我对这些就再也不想看了。可是，我要想它一辈子哪……

这个三岁的小姑娘，她那略微大了些的脸庞，她淡蓝的眼珠，她又长又美的金发，那是我母亲引以为自豪的，——她蓝白两色交织的斜方格裙子，上部敞着露出雪白的衬衫，她悬宕着的小腿，腿上穿着粗白袜子和圆头羔皮鞋……她充满了怜悯的声音，她放在我头上的柔软的手，她惆怅的眼光……这些都直透进我的心坎。刹那间我仿佛受到了某一种启示，那是从比她更高远的地方来的。是什么呢？我也说不上来。小动物什么都不摆在心上，受了别的吸引，就把这些忘得一干二净了。

我们回到了住所。太阳在海面上落了下去。那一天正是小玛德琳在世的最后一天。咽喉炎当夜就把她带走了。在旅馆的那间窒闷的屋子里，她临死挣扎了六个钟头。人家把我和她隔开了。我所看到的只是盖紧的棺材，和我母亲从她头上剪下来的一绺金发。母亲疯子似的，连哭带喊，不许别人把她抬走……

世界散文精品集丛书

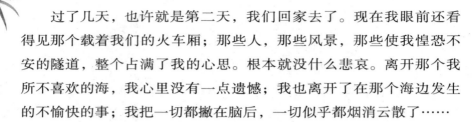

过了几天，也许就是第二天，我们回家去了。现在我眼前还看得见那个载着我们的火车厢；那些人，那些风景，那些使我惶恐不安的隧道，整个占满了我的心思。根本就没什么悲哀。离开那个我所不喜欢的海，我心里没有一点遗憾；我也离开了在那个海边发生的不愉快的事；我把一切都撇在脑后，一切似乎都烟消云散了……

但是那个坐在海边的小姑娘，她的手，她的声音，她的眼光，——从来也没离开过我。好像这些都镂刻进我的肌骨似的！那时她不到四岁，我也还不到五岁，不知不觉的，两颗心在这次永诀中融合在一起了。我们两个是超出时间之外的。我们从那时起，紧靠着成长起来，彼此真是寸步不离。因为，差不多每天晚上临睡之前，我总要向她吐诉出一段还不成熟的思想。而且我还从她身上认出了"启示"，她就是传达了那启示的脆弱的使者，——这启示就是：在她从尘世过境中的那个通灵的一刹那间，纯净的结合使我俩融为一体，这个结合在我心里引起的神圣的感觉：——也就是人类的"同情"。

在我所著的《女朋友们》的卷尾，当葛拉齐亚在客厅大镜子里出现的时候，可以看到我对这道光芒的淡薄的追忆。

❖ **作者简介**：让·雅克·卢梭（1712～1778），法国启蒙思想家、哲学家、文学家。主要作品有《爱弥儿》、《忏悔录》等。

生活在大自然的怀抱里

　　为了到花园里看日出，我比太阳起得更早；如果这是一个晴天，我最殷切的期望是不要有信件或来访扰乱这一天的清宁。

　　我用上午的时间做各种杂事。每件事都是我乐意完成的，因为这都不是非立即处理不可的急事，然后我匆忙用膳，为的是躲避那些不受欢迎的来访者，并且使自己有一个充裕的下午。即使最炎热的日子，在中午一点钟前我就顶着烈日带着小狗芳夏特出发了。由于担心不速之客会使我不能脱身，我加紧了步伐。可是，一旦绕过一个拐角，我觉得自己得救了，就激动而愉快地松了口气，自言自语说："今天下午我是自己的主宰了！"接着，我迈着平静的步伐，到树林中去寻觅一个荒野的角落，一个人迹不至因而没有任何奴役和统治印记的荒野的角落，一个我相信在我之前从未有人到过的幽静的角落，那儿不会有令人厌恶的第三者跑来横隔在大自然和我之间。

　　那儿，大自然在我眼前展开一幅永远清新的华丽的图景。

　　金色的燃料木、紫红的欧石南非常繁茂，给我深刻的印象，使我欣悦；我头上树木的宏伟、我四周灌木的纤丽、我脚下花草的惊人的纷繁使我眼花缭乱，不知道应该观赏还是赞叹：这么多美好的东西竞相吸引我的注意力，使我在它们面前留步，从而助长我懒惰和爱空想的习惯，使我常常想："不，全身辉煌的所罗门也无法同它们当中任何一个相比。"

我的想象不会让如此美好的土地长久渺无人烟。我按自己的意愿在那儿立即安排了居民，我把舆论、偏见和所有虚假的感情远远驱走，使那些配享受如此佳境的人迁进这大自然的乐园。我将把他们组成一个亲切的社会，而我相信自己并非其中不相称的成员。我按照自己的喜好建造一个黄金的世纪，并用那些我经历过的给我留下甜美记忆的情景和我的心灵还在憧憬的情境充实这美好的生活，我多么神往人类真正的快乐，如此甜美、如此纯洁，但如今已经远离人类的快乐。甚至每当念及此，我的眼泪就夺眶而出！啊！这个时刻，如要有关巴黎、我的世纪、我这个作家的卑微的虚荣心的念头来扰乱我的遐想，我就怀着无比的轻蔑立即将它们赶走，使我能够专心陶醉于这些充溢我心灵的美妙的感情！（然而，在遐想中，我承认，我幻想的虚无有时会突然使我的心灵感到痛苦。甚至即使我所有的梦想变成现实，我也不会感到满足。我还会有新的梦想、新的期望、新的憧憬。我觉得我身上有一种没有什么东西能够填满的无法解释的空虚，有一种无法阐明，但我感到需要的对某种其他快乐的向往。然而，先生，甚至这种向往也是一种快乐，因为我从而充满一种强烈的感情和一种迷人的感伤——而这都是我不愿意舍弃的东西。）

我立即将我的思想从低处升高，转向自然界所有的生命，转向事物普遍的体系，转向主宰一切的不可思议的上帝。此刻我的心灵迷失在大千世界里，我停止思维，我停止冥想，我停止哲学的推理；我怀着快感，感到肩负着宇宙的重压。我陶醉于这些伟大观念的混杂，我喜欢任由我的想象在空间驰骋；我禁锢在生命的疆界内的心灵感到这儿过分狭窄，我在天地间感到窒息，我希望投身到一个无限的世界中去。我相信，如果我能够洞悉大自然所有的奥秘，我也许不会体会这种令人惊异的心醉神迷，而处在一种没有那么甜美的状态里；我的心灵所沉湎的这种出神入化的佳境使我在亢奋激动中有时高声呼唤："啊，伟大的上帝呀！啊，伟大的上帝呀！"但除此之外，我不能讲出也不能思考任何别的东西。

❖**作者简介：** 安德烈·马尔罗（1901～1976），法国作家、评论家。主要作品有《反回忆录》等。

希腊礼赞

　　希腊的夜又一次揭去我们头上满天星座的面纱，这些星座，阿耳戈斯的守望者在特洛伊城陷落的信号发出时曾经仰望过，索福克勒斯在即将动笔写作《安提戈涅》时曾经仰望过，伯里克利在帕提侬神庙的工地停止喧闹时曾经仰望过……然而这是第一次，透过千载悠悠的黑夜，西方的象征浮现了出来。很快，这一切将成为日常的景象；这一夜，亦将一去不复返。雅典人民啊，在你那摆脱了大地上的黑夜的精神面前，欢呼那个自从升起于此地便萦绕于人类记忆而不曾被忘却的声音吧："尽管世间万物终有尽时，未来的世纪啊，当你们谈及我们的时候，你们可以说我们建造了最著名、最幸福的城邦……"

　　伯里克利的呼吁对于醉心永恒并且威胁过希腊的东方来说，可能是难以理解的。甚至在斯巴达，直到那时为止，也没有任何人对未来说话，许多世纪都听见了这一呼吁，然而今夜，他的话将传到美国，传到日本。世界第一个文明从此开始了。

　　由于它，雅典卫城大放光明；为了它，雅典卫城向它发问，任谁也不曾这样问过。希腊的精神几次出现在世界上，然而并非总是同一种面目。他在文艺复兴时代尤为光彩夺目，然而文艺复兴几乎不知有亚洲；今天我们知道了亚洲，它就变得更加光彩夺目，也更加令人惶惑。很快，如近日这样的景象将照亮埃及和印度的古迹；让所有生命出没之地的幽灵们发出声音。然而雅典卫城乃是世界上唯一的地方，既有思想活跃，又有勇气贯穿。

面对古老的东方，我们今天知道了希腊造就了前所未有的一种人，伯里克利——无论是这个人，还是与这名字有联系的神话——，它的光荣在于它既是城邦之最伟大的仆人，又是一位哲学家，一位艺术家；埃斯库罗斯和索福克勒斯，倘若我们不记住他们也是战士，我们理解他们的方式便会不同。对于世界来说，希腊依然是倚着长矛沉思的雅典娜，而在她之前，艺术从未将长矛和思想结合在一起。

人们可以毫不过分地宣告：文化——艺术和思想的创造之总和——这个如此模糊的字眼，对我们来说，其含义乃是将文化作为一种培养人的重要途径，而这样做的光荣属于希腊，根据这一没有圣经的文明，指挥这个词意味着询问，从询问中产生的思想对于宇宙的征服，悲剧对于命运的征服，艺术和人对于神的征服，很快，古代的希腊将对我们说：

"我寻找真理，我却发现了正义和自由，我创造了艺术和思想的独立，我第一次让四千年来到处匍匐在地的人面对他的神站立起来。"

这是一种简单的语言，然而我们听在耳中，仍觉得它是一种永垂不朽的语言。

这种语言被遗忘了几个世纪，每一次我们重新听见它，它总是受到威胁。也许它从未像今天这样不可或缺。我们时代最重大的政治问题乃是调和社会正义与自由；最重大的文化问题乃是让最多的人接触最伟大的艺术作品。现代文明和古代希腊文明一样，也是一种发问的文明；但是它尚未找到堪为楷模的人的典型，哪怕是短暂的或理想的，舍此任何文明都不能形成。统治着我们的那些庞然大物仍在黑暗中摸索，似乎尚未想到一个伟大文明的主要目标不仅仅是力量，而且也是对人之所待的一种清晰的意识，这曾是被奴役的雅典的不可战胜的灵魂，它让亚洲沙漠中的亚历山大不得安宁："雅典啊，为了无愧于你们所受到的赞美，你们要遭受多少苦难啊！"现代人是所有那些试图共同造就现代人的人；思想不知有弱小的民族，思想只知有友爱的民族。希腊，还有法国，只有在对所有的人来说都是伟大的时候才更为伟大，而一个隐面不彰的希腊栖息在所有西方人的心底。我们都是思想的古老的民族，我们不应该躲进我们的过去，我们应该创造未来，这是我们的过去对我们的要求。在这原子时代开始的时候，人又一次需要受到思想的培养。整个西方青年都需要记住，当人第一次受到思想的培养时，他是用长矛阻止了泽而士并为思想服务的。代表们问我法国青年的座右铭是什么，我回答他们是"文化和勇气"。让它也能成为我们共同的座右铭吧，因为我是从你们这里得到它的。

在这希腊自觉地寻求其命运和真实的时候，你们比我更有责任把它给予世界。

因为文化不靠继承，文化靠的是争取。而且文化的争取有许多种方式，其中每一种都与孕育它的人相像。从此，希腊的语言是说给人民听的；这个星期，雅典卫城的形象将受到比两千年间还要多的观众瞻仰。这千百万人听见这语言，与昔日罗马的高级教士和凡尔赛的贵族老爷听见这语言是不同的；这千百万人也许会听得充分完全，倘若希腊人民从中听出它最深刻的稳定性，倘若业已消亡的最伟大的城邦中还回荡着活着的民族的声音。

我说的是活着的希腊民族，我说的是这个人民，雅典卫城首先向着它说话，而它则将其绵绵不断地在西方传布的精神体现奉献给它的未来，这些体现的是得尔福的普罗米修斯世界和雅典的奥林匹斯世界，拜占庭的基督世界，总之，经过了那么多年的狂热崇拜，如今只剩下对自由的狂热崇拜。

然而，这个"在痛苦中依然热爱生活"的人民，它既是向着圣索非亚大教堂歌唱的人民，又是一边倾听俄狄浦斯的喊叫一边在山脚下兴奋激动，将要穿越世纪的人民。自由的人民，就是使抵抗成为悠久传统的人民，就是其现代历史成为一场无穷尽的独立战争史的人民，这是唯一的人民，它欢庆"不"的节日。这昨日之"不"乃是米索隆基之"不"，索罗莫斯之"不"。在我国，则是戴高乐将军之"不"，也是我们的"不"。世界没有忘记它最初是安提戈涅的"不"，是普罗米修斯的"不"。当希腊抵抗运动的最后一位战死者紧靠在他将度过第一个死亡之夜的土地上时，它是倒在这样的土地上，在这片土地上，在这一天的夜里，在那些为死去的萨拉米人守灵然后注视着我们的星辰的照耀下，人类之最崇高、最古老的挑战诞生了。

我们是在为同样的事业而抛洒的同样的鲜血中认识同样的真理的，那时候，自由的希腊人和自由的法国人在埃及战役中并肩战斗；那时候，我的游击队员用手帕做成小小的希腊国旗来纪念你们的胜利；那时候，你们的山村为了巴黎的解放而响起钟声。在所有的思想价值中，最富有成果者产生于团结和勇气。

它写在雅典卫城的每一块石头上。"外邦人啊，到拉栖第梦去说，仆倒在此地的那些人是根据拉栖第梦的法律而死的……"今夜的灯光啊，去向世界说，德摩比利呼唤萨拉米，止于雅典卫城，只要人们没有忘记它。愿世界不要忘记，在雅典女神节，往昔和昨日之死者的庄严队伍在夜间布下隆重的岗哨，向我们发出无声的启示，这启示第一次与东方最古老的咒语合为一体："倘若此夜乃命运之夜，那就祝福它吧，直到黎明来临！"

◆作者简介：儒勒·列那尔（1864～1910），法国作家。主要作品有《胡萝卜须》等。

冷冰冰的微笑

萤火虫

夜幕降临到困倦的树林。鸟儿回来了，在树叶间相互追寻。叶子声不比他们的翅膀声更响。他们希望能看见点什么。但是，星星太远了，而月亮也没有落到足够近的位置。此外，山楂果和蔷薇子的殷红色泽也并不够。

忽然，为了给鸟儿的谈情说爱照明，善于调配光度的青苔媒婆燃亮所有的小虫子。

草

草儿沾满露珠，晶光闪闪，柔软、碧绿，简直像透明的一样。一条小溪从其嫩茎间流过。一个庄重的人散着步，口渴了。他已经圆拢起两手，但是，他担心俯下喝水会贬低自己。

后来，这个庄重的人又饿了。但是，他那虚伪的、愚蠢的廉耻心阻止他跪下去就餐，吃鲜嫩的草儿。

牛

老牛缓慢地、安静地过来喝水。他们把脊背挺直，喝着水。水在极轻微地颤动。最后，他们凉快了，似醉非醉，又同时抬起头，像来时那样，乖乖地离去。

但是，有一头牛留着。

十分温柔的牧人并无恶意地戳着悬在他臀部的干粪片，但没有用处：一头牛留着，蹄子插在土中，凝视着双角倒影，忘掉了自身。

收获葡萄

整整一天，那些可怕的东西就像有生命的稻草人，割去了葡萄。在葡萄藤根旁，生锈的叶片飘来飘去，竭力要把叶柄挂上某一个物体。鸟儿回来了，用不同的声调表露着他们的惊讶：

是谁竟在他们不在时收掉了他们的葡萄？

多疑的鸫鸟怒目监视着画眉的姿态。

潜伏

猎人坐在树干旁，枪管倚在树枝上。他倾听着树林入睡。树木也有着人的形貌。夜晚的全部宁静注入他的心灵。月亮与他相视微笑。一会儿，他把枪放到身边。有兔子跳跃。但是，善良的猎手用手指头模仿动作，脑袋微微摆动着像在标出节拍，他不怀敌意地注视着野兔跳小步舞。

垂钓人

溪流奔跑着注入水池，那里，是河川歇息的地方。一条小溪带来灯心草娇滴滴的耳语。另一条呢，薄薄的溪水清澈发亮，经过磨房齿轮的过滤，洁净得没有一点泥污；它越过了那么多石子，因而气喘吁吁，仿佛在轻声咳嗽。它带来的是乡村鸭子朴素的歌声。而在水池中间，一群苍蝇在一点点飞散。鱼儿在水面转着圈儿，鳞光闪闪。他们吃得饱饱的，远离池岸，相互探询着：垂钓人这样专心致志干什么呢？

母牛

给她找个名字太难了，结果就没有给她起名字。她被简称为"母牛"，而这名字对她倒最为合适。

而且，名字有多大关系？只要她吃！鲜草、干草、蔬菜、谷物，以至于面包和盐，她随便什么都有，而她也什么都吃、什么时候都吃。由于要反刍，还连吃两次。

她一旦见我，就用叉裂的蹄子迈着轻盈小步奔走，蹄子的毛皮与腿很相似，就像是白色的袜子。她来到了，相信我一定会给她可吃的东西，而我，每次都以欣赏的目光看着她，情不自禁地跟她说："行，吃吧！"

但是，她消耗东西是为了制奶，而不是肥己。一到固定的时候，她就呈献出鼓满的、正方的乳房。她并不吝惜奶——有些母牛是舍不得的——她很慷慨，只要稍微挤挤她四个富有弹性的奶头，她就排空奶泉。她腿不动、尾巴也不摇，而只用她大而柔软的舌头玩耍似的舔女佣人的脊背。

虽然她过着独身生活，因胃口很好也不觉得无聊。只有很少情况下，她才遗憾的哞叫，模模糊糊地思念她最近一次生产的牛犊。不过，她希望有人拜访。她两角竖立在额角上，嘴唇馋馋地挂着一线涎水和一丝草茎，殷勤好客。

男人们毫无所惧地抚摩着她鼓胀的肚子；女人们也只需提防她的温存，她们对这样大的牛如此温柔感到惊奇。她们做着幸福的梦。

猪和珍珠

猪一放到草地，张嘴就吃，丑陋的嘴脸再也不离开地面。

他并不选择鲜嫩的草。他碰上什么就咬什么。他盲目地向前伸着那永远不知疲倦的鼻子，既像一把犁刀，又像一只瞎眼鼹鼠。

他只关心使那个已经像只腌桶的肚子滚圆。他永远也不注意

世界散文精品集丛书

天气。

刚才，他的鬃毛差点儿在中午的太阳光下烧起来，但是那有什么关系？而现在，低沉的云团充满雹子，正伸展着，向着草地倾泻，但这又有什么关系？

不错，喜鹊在不由自主地展翅逃窜。火鸡都藏进篱笆，而幼稚的马驹子在一棵像树下躲避。

但猪还是留在他吃东西的地方。

他一口也不放过。

他的尾巴摇晃着，照样显得非常惬意。

他浑身挨着飞雹，但只是偶尔咕噜一声：

"老是这些肮脏的珍珠！"

翠鸟

今晚，鱼没有一条上钩，但是，我带回来一种不寻常的情感。

当我伸着笔直的钓竿，一只翠鸟过来歇在上头。没有比他更光彩夺目的鸟了。

仿佛是一朵很大的蓝色花朵开在细长的枝条之端。钓竿在重力下弯曲。我屏住呼吸，因被翠鸟当作了一颗树而感到十分自豪。

我坚信，翠鸟不是因为害怕飞走的，不，他以为自己不过是从这根树枝跳到了另一根树枝。

猫

我的猫不吃老鼠，他不喜欢吃。他抓只老鼠不过是为了拿来玩。当他玩够了，就饶恕老鼠的性命，去别处遐想，身子坐在蜷曲的尾巴上，天真无邪。

然而，由于猫的利爪，老鼠已经死了。

雌火鸡

看，大路依然的雌火鸡的寄宿学校。

每天，不管是什么天气，他们都在散步。

她们不怕没有谁会比雌火鸡裤脚管卷得更高；她们也不怕阳关，因为一只雌火鸡出门是永远也不会不带着她的小阳伞的。

蛇

太长了。

母鸡

门一开，她就脚爪并拢跳出鸡棚。

这是一只平常的母鸡，装饰朴素，从不下金蛋。

在炫目的亮光下，她犹豫不定地向院子里走了几步。

她首先看到的是灰堆，每天早晨，她都习惯于在那儿嬉戏。

她在那里打滚，沾上满身灰烬。她羽毛鼓胀，双翅激烈振动着，抖掉昨夜的跳蚤。

然后，她走到被最近一场暴雨注满的盘子前饮水。

她只是饮水。

她小口小口地饮，脖子举起时刚够着盘子的边缘。

然后，她寻找散食。

属于她的有嫩草，还有昆虫和遗落的谷粒。

她啄着，啄着，不知疲倦。

她时而停下来，挺立着，目光敏锐，嗉囊前凸，头冠有似当年共和党人的红便帽。她在用这只和那只耳朵倾听。

而一旦确信并无什么新鲜事，她又开始寻食。

她好像关节性痛风患者那样高高举起僵直的脚。她张开爪子。小心地放下，没有声音。

她行走时多像光着脚丫子的人。

孔雀

他今天肯定要结婚了。

这本来是昨天的事。他穿着节日礼服，准备就绪。他只等他的新娘了。新娘没有来。她不该再拖延了。

他神气活现，迈着印度王子的步伐散步，身上佩带着丰富的常用礼品。爱情使他的色泽更加绚丽，顶冠像古弦琴颤动着。

新娘还没有到。

他登上屋顶高处，向太阳方向眺望。他发出恶狠狠的叫唤：

"莱昂！莱昂！"

他就这样称呼他的未婚妻。他看不到谁来，也没有人理睬他。习以为常的家禽甚至连头也不抬一抬。她们都腻烦了，不再去欣赏他了。他下到院子，对自己的美如此自信，所以也不可能有什么怨气。

他的婚礼延到明天。

他不知道如何度过白天剩下的时间，又向台阶走去。他迈着正规的步子，像登庙宇台阶那样登上梯级。

他翻起燕尾服，上面满缀着未能脱离开去的眼睛。

他在最后依次复习礼仪。

天鹅

他像白色的雪橇，在水池里滑行，从这朵云到那朵云。因为他只贪婪流苏状的云朵。他观看着云朵出现，移动，又消失在水里。有云朵是他所想望的。他用喙瞄准它，突然扎下他裹雪的脖子。

然后，活像是女人的一条胳膊伸出衣袖，他抽回脖子。

他什么也没得到。

他一看，惊慌的云朵已经消失。

但他只失望了片刻，因为云朵没等多久又回来了。瞧，在那水的波动渐渐消逝的地方，有朵云正在重新形成。

天鹅坐在他的轻盈的羽毛垫上，悄悄地执行，向云朵靠拢。

他竭尽全力捞着幻影，也许，在获取哪怕是一小片云朵之前，

他就会死去，成为这幻觉的牺牲品。

但是，我在胡说什么呢？

他每次扎下脖子，都用喙在富有营养的淤泥里搜寻，并带上来一条小虫子。

他像鹅一样肥起来。

狗

这种天气，是不能赶波昂杜到外头去的。风在门底下尖利呼啸，甚至逼迫他离开了草垫子。他寻找着更合适的地方，把可爱的脑袋悄悄伸到我们座位中间。但是，我们都肘靠肘紧挨在一起俯身烤火，于是我给了波昂杜一个耳光。我的父亲用脚蹬开他。妈妈骂了他一顿。妹妹则递给他一个空杯子。

波昂杜打着喷嚏，去厨房看我们是否已收拾就绪。

然后，他走回来，往我们的圈子里硬钻，也不怕被我们的膝盖夹死。瞧！他终于挤到壁炉一角。

他在原地转了好一阵子，靠柴架坐下，不再动弹。他望着主人们，眼神那么温柔，谁都只能宽恕他。不过，差不多烧红了的柴架和散出的灰烬烫着他的尾巴。

他却还是待着。

我们为他闪开一条过道：

"喂，快滚，蠢家伙！"

但是，他执拗不动。在野狗的牙齿冻得发颤的时光，波昂杜却在炎热中。他毛烧焦了，屁股烤灼着，但强忍住不吠叫，苦笑着，泪水盈眶。

蟋蟀

是时候啦！黑昆虫游荡够了，停止散步，回去细心修补他乱七八糟的领地。

首先，他耙平狭小的沙子通道。

他锯下细屑，洒到住地入口处。

他锉倒那株专给他添麻烦的大草根。

他休息了。

然后，他给他的微型手表上发条。

他完事了吗？表打碎了吗？他又歇了一会。

他回到屋里，关上门。

他用钥匙在精致的锁里长时间的转圈。

他又在倾听：

外面没有一点不安的声音。

但他还是不放心。

他好像抓着一根小链条一直下到大地深处，装链条的滑轮刺耳地向着。

什么也听不见了。

寂静的田野上，白杨树像手指般伸向天空，指着月亮。

云雀

我从未见过云雀，即使黎明起来也是徒劳。云雀不是地上的鸟儿。

今天早晨以来，我就踩着泥块和枯草寻找。

一群群灰色的麻雀或艳丽的金翅鸟，在荆棘篱笆上飘荡。

八哥穿着长制服检阅树木。

一只鹌鹑贴着苜蓿地飞翔，划出一条笔直的墨线。

牧人比女人还灵巧地打着毛线，在他后面，样子相似的绵羊一个接着一个。

一切都沁润着鲜艳的光泽，即使是不吉祥的乌鸦也令人微笑。

但是，请像我一样倾听。

你们听到了吗，上面，在某一个地方，正在一只金杯里捣碎一

颗颗水晶细粒吗？

谁能告诉我云雀在哪儿唱歌？

如果我抬头望天，阳光会烧炙我的眼睛。

我只得放弃见她的念头。

云雀生活在天上。天鸟中唯有她的歌声能一直传到我们这里。

喜鹊

她全身漆黑。但是，她去年冬天是在田野上度过的，因此，身上还带着残雪。

蝴蝶

这封轻柔的短函对折着，正在寻找一个花儿投递处。

鹿

我从路的一端走进树林，而他是从另一端来的。

起先，我以为那是一个陌生人带着一瓶花前来。

然后，我发现这是一颗矮矮的小树，枝条丫杈，没有叶子。

最后，鹿一下子出现了。我俩全停住脚步。

我跟他说：

"靠拢来，什么也别怕。我带着枪，那为的是气派，想模仿那些煞有介事的人。我永远也不会使用枪，我把子弹留在子弹盒子里。"

鹿听着、嗅着我的话。我一说完，他毫不犹豫地拔腿就跑，像是一阵风刮得枝条一会儿交叉，一会儿又不交叉。他逃走了。

"多遗憾！"我朝他喊，"我都已幻想咋俩一起上路了。我呢，我将把你所喜爱的草儿亲手献给你，而你，你就把我的枪横在鹿角上散步。"

一个树木的家庭

我是在穿过了一片被阳光烤炙的平原之后遇见他们的。

他们不喜欢声音，没有住到路边。他们居住在未开垦的田野上，靠着一泓只有鸟儿才知道的清泉。

从不远处望去，树林似乎是不能进入的。但当我靠近，树干和树干渐渐松开。他们谨慎地欢迎我。我可以休息、乘凉，但我猜测，他们正监视着我，并不放心。

他们生活在家庭里，年纪最大的住在中间，而那些小家伙，有些还刚刚长出第一批叶子，则差不多遍地皆是，从不分离。

他们的死亡是缓慢的，他们让死去的树也站立着，直至朽落而变成尘埃。

他们用长长的枝条相互抚摩，像盲人凭此确信他们全都在那里。如果风气喘吁吁要将他们连根拔起，他们的手臂就愤怒挥动。但是，在他们之间，却没有任何争吵。他们只是和睦地低语。

我感到这才应是我真正的家。

我很快会忘掉另一个家的。这些树木会逐渐逐渐接纳我，而为了配受这个光荣，我学习应该懂得的事情：

我已经懂得监视流云。

我也已经懂得呆在原地一动不动。

而且，我几乎学会了沉默。

❖**作者简介：**亨利·巴比赛（1873～1935），法国作家。代表作有长篇小说《火线》等。

🍃红色圣女

从前有个辛勤照料一小窝孩子的小小的乡村女教师。她长得像线一般纤细，头发眼睛都是乌黑的。

在这双眼睛里，往日曾闪过天堂和天使的光辉，说不定她还听见过上帝的召唤呢。

从学校里可以望见欧德隆古赫的洛林教堂的钟楼，再过去不太远就是顿莱米教堂的钟楼。有个牧羊女曾经在那钟楼的阴影里生活过，她和这位儿童的守牧人有点相像，不同的只是贞德生活在五百年前查理第七的时代，而这个露易丝却生活在拿破仑第三的统治时期。

由于受到正直人的教养，更由于她自己天性秉直，她终于摆脱了迷信，赶走了她一度信仰过的精灵。她从此只信仰那些神奇可怕的真实事物。她的梦想，她的同情心，她的清澈锐利的目光都用来对待人类的苦难，这一切都再不能使她拜倒在古老的宗教用以迷哄无知的人的神话面前了。她信仰的对象改变了。她圣洁的心灵和现实生活交接在一起了。

她奉献出自己的生命，不仅献给了人生的小灾小难，而且献给了大灾大难，献给了人民的自由。她热爱被压迫者，这一点在她对当时奴役法国的暴君所怀的仇恨里最先表现出来。

每天早晚，她总要叫学生唱马赛曲。有个星期日，在村子的教堂里发生了这样一件事。教堂静穆无声，念弥撒的神父在金光闪闪的高坛上照例地唱："愿神保佑拿破仑！"可是他刚一唱出，教堂就哄闹起来：小木屐在砖石上踩踩地响。这全是女教师的学生，他们厌恶惊恐地逃出教堂，因为女教师曾经告诉他们说为皇帝祈祷就是犯罪。

视察和督学先生们怒气冲冲地翻着眼珠，把她叫去，威胁一番可是，她小时候听过很多传奇故事，所以毫不惧怕鬼怪，即使他们装扮成活人的模样也不在乎。

她还照样一丝不苟地教育新的一代。可是她想去巴黎，想扩大规模继续干下去。

她去巴黎了，她就是这种人：想到要干什么就去干，事情办得到的时候要干，事情不大办得到的时候也要干。

她到达了光明之城，当时正是这样一个历史时期：大工业刚刚兴起，资本大量集中，人们热衷于大规模的金钱战争。巴黎是一团荒淫，享乐，腐化，和加以美化的低级趣味混杂而成的放肆的旋风；证券交易所是它巨大的心脏，而它的主人就是财政家（这是些血统皇族），逢迎献媚的臣婢，以及逗笑拍马的艺术家。

在这个浮华的阶层下面，是一个比较不为人所注意的阶层，在那儿工作的是些严肃认真的艺术家和学者。再往下，就是一个更不为人所注意的，怀着希望和计谋的阶层：共和主义者。他们对帝国和皇帝深恶痛绝。他们之中有形形色色、千差万别的政治家和理想家，甚至还有地地道道的资产者，可是他们结成统一战线来反对共同的敌人，反对皇帝这个魔鬼。

和这群被放逐到国家心脏来的人在一起，我们这位软心肠的唯理主义者，这位笃信逻辑的神秘论者，在心里激起和培育了斗争反抗的本能。他们组织了一种小型的、秘密的、热情昂扬的同志会。当基督教在罗马压迫下还为人民大众所拥护的时候，在古代墓穴里也曾举行过这种类似的同志会。在她后来谈到这段时期生活的时候，她说："我们的生活很先进，非常先进。"她过着穷教师的严谨苦修的生活，穿的都是从卖旧衣的寺院市场或是从小旧货店里买来的旧衣旧靴子。她欠下了债，因为她买了书，更主要是因为她对于任何穷困痛苦都不能漠然处之，她这个完全献身革命的人，她只知道把手里的，脑子里的，和心里的东西全都给旁人，她除了对母亲的爱恋以外还有没有什么其他的私情——某些她在女人的生涯中所独有的东西——这一点，从来就没有人知道——虽然在这方面有过一些谣传——而她自己呢，必定也不愿意知道这一点。

普法战争爆发了，接着是战败，帝国的崩溃，再随后就是受杀戮的人民伟大的兴起：公社。这时候人们才感到那些资产阶级共和主义者是要叛变的，因为他们只有在敌视拿破仑第一的那位滑稽可笑的后裔这一点上才是"民主主义者"。这时候人们才看出只是用来对付皇位的"统一战线"会使多少幻想破灭，会引起多少叛逆的事件。人们面对着既仇恨人民又害怕人民的资产阶级，这个阶级一旦代替帝国登上了宝座，就一心盘算要摆脱人民。

这位长着黑眼睛，穿着黑衣服的瘦小的女教师把全副精力献给了公社。她演讲，她进行组织工作。她拿起枪，换上男装，走到战壕、稀泥、枪林弹雨里去。自从她看透了资产阶级自由主义的谎言，识破了有名的资产阶级共和主义者——儒勒·法弗尔的丑恶和伪善的行径以后，她就变成了革命的化身。她明白，儒勒·法弗尔之所以当着群众，装模作样地把她和费赫搂在胸前，无非是想借这个犹大的拥抱好随后把他们两人掐死，把支持他们的人都掐死。

她也分担了人民的失败和所遭受的压制，而且不仅仅分担了自己的一份。可以说是奇迹，她居然从政府军队的枪，机关枪和刺刀下面，从成群的"复仇者"手中逃出来了。这些被遣送到巴黎的醉醺醺的"复仇者"侮辱人，殴打人，折磨人，还在大街上随意杀人。有些群众也受了政府无耻宣传的毒害，就连他们有时也对失败者加以嘲弄。

她怜悯这些可怜的被剥削者，因为他们不知道自己在干什么。她也怜悯为残暴的制度执行命令的人。这是一种由智慧所产生的、真正的、宽大的怜悯。当她看见面色苍白的布列塔尼兵士向公社社员开枪的时候，她说："这些人也不明白自己在干什么。人家骗他们说向人民开枪是应该的，他们也就相信了。这是些盲从的人。但他们总还不是用金钱收买得了的。有一天，只要我们能使他们相信正义，我们就能把他们争取过来。我们特别需要不出卖自己灵魂的人。"

她侥幸逃了出来，可是，为了使她母亲获得释放，她又自首投案，成为凡尔赛人的俘虏。像她许多同伴一样，她也看到了沙多里地狱，这个杀戮公社社员的屠场。她和一群人同时被抛进了这个地狱。在她等待死亡的小囚室中，虱子成群地蠕动，连他们在地上繁殖的声音都听得见。她发热口渴，可是要解渴就只好喝屠夫兵士们用来洗手的那个血腥水洼里的水。从天窗望出去是一片旷野；她的目光透过黑夜和川流如注的雨水瞧见了朦朦胧胧的人群，在一阵闪光和枪声以后，他们一片片地纷纷倒下，和别的堆——死尸堆——混杂起来。

她被送交凡尔赛的军事裁判所——刽子手的法庭——她竭力想使人家判处她死刑。她这样考虑过了：我活着会对事业有利，可是我要是被枪杀了，对事业就会更有利，因为枪决一个女人将会使公众对凡尔赛人不满。

她没有做一番夸张喧闹的演说。她安详而富有启示性地、简短地表白了自己的信仰，最后对审判官说："我说完了。你们要不是胆小鬼就判我死刑吧。"这个为了明确目的而甘愿自我牺牲的壮举使某些人，其中特别是维克多·雨果，不禁惊佩感叹一番。这些置身在街垒这边的人刹那间突然看到了革命那超人的、英勇的、然而却朴直的面貌，明白了革命的奥秘。可是他们随后就都转过头去。军事

审判官果然不敢判她死刑，而是把她流放到新喀里多尼亚岛去。

她被囚禁在这些对称地分布在赤道南北的小岛上，在那儿度过的悠长岁月是她事业中很特殊的一段时期。她下工夫学会了当地"野人"的方言，然后向这些吃人肉的，处于奴隶状态的加那克人传播道义、尊严和自由的理想。与此同时，在这难以忍受的整日无所事事的流放期间，她还把自己富有创造性的活跃的精神贯注在自然科学方面——甚至还做出了新奇而卓越的发现。

后来她回到法国。那时工人社会主义和阶级工团主义正在萌芽。她参加了无政府主义者的队伍，然而却一刻也没有忘记必须实现真正的革命。在谈到真正的革命时，她说："只要它还没有把旧社会连根拔掉，我们就总得从头干起。"

在几次激奋人心的政治集会上，她对无产者喊道："你们要想取得阳光下的位置，那就别祈求，别请求，去把它夺过来！"在这以后，她就被囚禁起来，从一个监牢被送到另一个监牢，受尽了虐待和侮辱。她一直拒绝接受赦免，最后只是为了去看望病危的母亲才接受释放。

她去伦敦向被剥削被压迫者传播真理，在那儿，有一个狂热者向她开了枪，但只打伤了她的头部。她替这位笨拙的杀人犯辩护，在法庭上替他开脱，她说他这些不良的念头都是卑鄙的宣传和害人的制度向他灌输的，因此不能由他个人负责。

这一次，她的举动又使某些人诧异，使他们大吃一惊。他们依稀看到了革命事业的深刻内容，可是当时大多数人都认为最简单最巧妙的态度还是装傻。

而且，没有谁比这个女人更不被人了解。她太伟大了，以至人们无法看清她的真面目。如果说能够接近她的人都崇拜她，尊敬她，了解她的话，那么这些人也早已无影无踪了——因为这都是些微不足道的人——这样一来，关于这个很有意义的真实人物就只剩下传说了。

世界散文精品集丛书

只有在今天人们才给予这个人物应得的地位，只有今天人们才看出她在各种情势和悲剧里是在多大程度上体现了无产阶级和革命的基本思想，体现了浴血的人民要求平等的呼声，是她曾经号召人民警惕资产阶级和假民主主义者的迷药，是她曾经理智而热情地宣称：要想粉碎枷锁，就只有使用暴力。

　　人们将用雪白的大理石来雕塑她那闪耀着智慧和毅力的光辉的殉道者的容貌，人们将用黑色大理石来雕塑她一直穿在身上的黑衣服。人们这样纪念她，是因为她在绝望中没有失去希望，是因为她从未怀疑未来，而始终对它无限信赖，是因为她从一九〇五年——她逝世那年——革命中就已预见到俄国人民的解放。当人民群众和某些先进人士向她呈献真诚觉悟的心灵的时候，另外一种献礼也使她万世不朽，那就是统治者对她野蛮的，疯狂的，卑劣的仇恨；泼妇、纵火犯、人面魔鬼：世世代代的资产阶级就是用这些字眼来亵渎她的名字——露易丝·米歇尔。

世界散文精品集丛书

❖**作者简介：**安德烈·纪德（1869～1951），法国作家。主要作品有《人间的食粮》、《伪币制造者》等。1947年获诺贝尔文学奖。

沙 漠

　　啊！多少次黎明即起，面向霞光万道、比光轮还明灿的东方——多少次走到绿洲的边缘，那里的最后几棵棕榈枯萎了，生命再也战胜不了沙漠——多少次啊，我把自己的欲望伸向你，沐浴在阳光中的酷热的大漠，正如俯向这无比强烈的耀眼的光源……何等激动的瞻仰、何等强烈的爱恋，才能战胜这沙漠的灼热呢？

　　不毛之地；冷酷无情之地；热烈赤诚之地；先知神往之地——啊！苦难的沙漠、辉煌的沙漠，我曾狂热地爱过你。

　　在那时时出现海市蜃楼的北非盐湖上，我看见犹如水面一样的白茫茫盐层。——我知道，湖面上映照着碧空——盐湖湛蓝得好似大海，——但是为什么——会有一簇簇灯心草，稍远处还会矗立着正在崩坍的页岩峭壁——为什么会有漂浮的船只和远处宫殿的幻象？——所有这些变了形的景物，悬浮在这片臆想的深水之上。（盐湖岸边的气味令人作呕；岸边是可怕的泥灰岩，吸饱了盐分，暑气熏蒸）

　　我曾见在朝阳的斜照中，阿马尔卡杜山变成玫瑰色，好像是一种燃烧的物质。

　　我曾见天边狂风怒吼，飞沙走石，令绿洲气喘吁吁，像一只遭受暴风雨袭击而惊慌失措的航船；绿洲被狂风掀翻。而在小村庄的街道上，瘦骨嶙峋的男人赤身露体，蜷缩着身子，忍受着炙热焦渴的折磨。

我曾见荒凉的旅途上，骆驼的白骨蔽野；那些骆驼因过度疲顿，再难赶路，被商人遗弃了；随即尸体腐烂，缀满苍蝇，散发出恶臭。

我也曾见过这种黄昏：除了鸣虫的尖叫，再也听不到任何歌声。

——我还想谈谈沙漠：

生长细茎针茅的荒漠，游蛇遍地：绿色的原野随风起伏。

乱石的荒漠，不毛之地。页岩熠熠闪光；小虫飞来舞去；灯心草干枯了。在烈日的曝晒下，一切景物都发出噼噼啪啪的声音。

黏土的荒漠，这里只要有涓滴之水，万物就会充满生机。只要一场雨后，万物就会葱绿。虽然土地过于干旱，难得露出一丝笑容，但这里的青草似乎比别处更嫩更香。由于害怕未待结实就被烈日晒枯，青草都急急忙忙地开花，授粉播香，它们的爱情是急促短暂的。太阳又出来了，大地龟裂、风化，水从各个裂缝里逃遁。大地坼裂得面目全非；大雨滂沱，激流涌进沟里，冲刷着大地；但大地无力挽留住水，依然干涸而绝望。

黄沙漫漫的荒漠——宛似海浪的流沙；不断移动的沙丘，在远处像金字塔一样指引着商队。登上一座沙丘，便可望见天边另一座沙丘的顶端。

刮起狂风时，商队停下，赶骆驼的人便在骆驼的身边躲避。

黄沙漫漫的荒漠——生命灭绝，唯有风与热的搏动，阴天下雨，沙漠犹如天鹅绒一般柔软，夕照中，则像燃烧的火焰；而到清晨，又似化为灰烬。沙丘间是白色的谷壑，我们骑马穿过，每个足迹都立即被尘沙所覆盖。由于疲顿不堪，每到一座沙丘，我们总感到难以跨越了。

黄沙漫漫的荒漠啊，我早就应当狂热地爱你！但愿你最小的尘粒在它微小的空间，也能映现宇宙的整体！微尘啊，你忆起何种生活，从何种爱情中分离出来？微尘也想得到人的赞颂。

我的灵魂，你曾在黄沙上看到什么？

白骨——空的贝壳……

一天早上，我们来到一座高高的沙丘脚下避阴。我们坐下；那里还算阴凉，悄然长着灯心草。

至于黑夜，茫茫黑夜，我能谈些什么呢？

这是一次缓慢的航行。

海浪输却沙丘三分蓝，

胜似天空一片光。

——我熟悉这样的夜晚，似乎觉得一颗颗明星格外璀璨。

世界散文精品集丛书

❖**作者简介：** 安纳托尔·法朗士（1844～1924），法国著名作家。主要作品有《西尔维斯特·波纳尔的罪行》、《现代史话》、《在白石上》等。1921年获诺贝尔文学奖。

塞纳河岸的早晨

在给景物披上无限温情的淡灰色的清晨，我喜欢从窗口眺望塞纳河和它的两岸。

我见过那不勒斯海湾的明净的蓝天，但我们巴黎的天空更加活跃、更加亲切、更加蕴蓄。它像人们的眼睛，懂得微笑、愤慨、悲伤和欢乐。此刻的阳光照耀着城内为生计忙碌的居民和牲畜。

对岸，圣尼古拉港的强者忙着从船上卸下牛角，而站在跳板上的搬运工轻快地传递着糖块，把货物装进船舱里。北岸，梧桐树下排列着出租马车和马匹，它们把头埋在饲料袋里，平静地咀嚼着燕麦；而车夫们站在酒店的柜台前喝酒，一面用眼角窥伺着可能出现的早起的顾客。

旧书商把他们的书箱安放在岸边的护墙上。这些善良的精神商人长年累月生活在露天里，任风儿吹拂他们的长衫。经过风雨、霜雪、烟雾和烈日的磨炼，他们变得好像大教堂的古老雕像。他们都是我的朋友。每当我从他们的书籍前走过，都能发现一两本我需要的书，一两本我在别处找不到的书。

一阵风刮起了街心的尘土、有叶翼的梧桐籽和从马嘴里漏下的干草末。别人对这飞扬的尘土可能毫无感触，可是它使我忆起了我

童
年
轶
事

在童年时代凝视过的同样的情景，使我这个老巴黎人的灵魂为之激动。我面前是何等宏伟的图景：状如顶针的凯旋门、光荣的塞纳河和河上的桥梁、蒂伊勒里宫的椵树、好像雕镂的珍品的文艺复兴时代的卢浮宫、最远处的夏约岗；右边新桥方向是令人肃然起敬的古老的巴黎，它的塔楼和高耸的尖屋顶。这一切就是我的生命，就是我自己。要是没有这些以我的思想的无数细微变化反映在我身上、激励我、赐我活力的东西，我也就不存在了。因此，我以无限的深情热爱巴黎。

然而，我厌倦了。我觉得生活在一座思想如此活跃、并且教会我思想和敦促我不断思想的城市里，人们是无法休息的。在这些不断撩拨我的好奇心、使它疲惫但又永远不能使它满足的书堆里，怎么能够不亢奋、激动呢？

世界散文精品集丛书

❖**作者简介：** 阿尔弗雷德·乔治·加德纳（1865～1946），英国新闻记者、散文家。代表作有《社会支柱》、《海滩细石》、《风中落叶》等。

旅 伴

　　我不知道，我俩谁先进的车厢。确实，有好一会儿我根本不知道他在车厢里。这是从伦敦开往中部一个镇子去的最后一班火车——一趟慢车，一趟慢得要命的火车，一趟那种叫你领教一下无始无终的滋味的火车。列车出发时还相当满，但我们在郊区各站停车时，旅客们就三三两两地下了车，待我们把伦敦城的最外一圈抛到后面时，就剩下了我独自一人——或者说，我以为就剩我自己了。

　　车厢轰隆轰隆地颠簸着穿过黑夜，独自一人坐在其中，真有一种获得自由的舒畅之感。这是一种非常惬意的自由和放松，你可以为所欲为了。你可以随意高声自语，而不会有人听见。你可以和琼斯辩个水落石出，然后得意洋洋地把他翻滚在地，不必担心遭到回击。你可以头朝下倒立，也不会有人看见。你可以唱歌，或跳二步舞，或是练高尔夫球打法，或是在地板上畅通无阻、尽兴地玩打弹子游戏。你尽可以打开窗户或关上窗户，也不会招人反对。你可以把两扇窗户都打开或关上。你甚至可以伸直身子躺在这坐垫上，享受一番违反规章，而且可能是侵犯了《英国国防令》要害部分的难得的乐趣。唯有《英国国防令》自己不知道他的要害部分遭到了侵犯。你甚至都能逃避《英国国防令》。

世界散文精品集丛书

这天晚上，这些事我一点儿没做。我碰巧没想到它们。我的所作所为极为平常。当最后一名旅客走后，我就放下报纸，伸展开胳膊、腿，站起身来朝窗外宁静的夏夜望去，我就在这样的夜晚旅行，我注意到北部空中那蒙蒙的、流连忘返的白昼仍依稀可见；我穿过车厢，从其他窗户朝外望去，点了支烟，坐下来，然后又开始看报。就在这时，我发现了我的旅伴。他飞过来落在我鼻子上。他是那些我们笼统地称之为蚊子的那种有翅膀、刺人、勇猛的昆虫中的一个。我把他从鼻子上弹走。接着他就在车厢里转悠起来，查看了它的长、宽、高，探望了每个窗户，又扑打着翅膀围灯转了一阵。他判定，什么也不如待在角落里的那个大动物有趣，就回过来看了看我的脖子。

我又把他弹开。他溜走了，又绕着这节车厢游览了一圈，再回过来，然后便放肆地落在我的手背上。够了，我说，宽宏大量是有限度的。已经警告过你两次了，我是个重要人物，而且我这个堂堂汉子对于陌生人搔我痒痒的行为最恼火。我拿起了黑帽子。我处你死刑，正义要求如此，法庭业已判决。你罪状累累。你是个流浪汉；你是公众厌恶之物；你旅行不买车票；你没有食肉证券。由于以上种种和许许多多其他的不端行为，你就要死了。我用右手迅速地给了他致命一击。他态度傲慢，毫不费力地躲开了这一掌。这真出了我的丑，我本人的虚荣心被激发了。我用手，用报纸向他猛击；我跳到椅子上，围着灯追逐他；我采取了猫一样的狡猾的战术，等他落下来，就偷偷摸摸地挨近他，突然神速地打去。

全落空了。他在明目张胆地要弄我，就像一名技艺高超的斗牛士在转来转去地引逗一头发怒的公牛。显然他正怡然自得，正因如此，他扰乱了我的平静。他想要稍稍运动一下，而有什么样的运动能与被一个硕大、笨重的风车追逐相比呢？这个动物的味道那么香，看上去又是如此无用和愚蠢。我开始进入这个家伙的灵魂之中。他不再仅仅是一个昆虫。他演变成了一个人，一个以平等的地位，为这节车厢的所有权向我挑战的天使。我感到对他产生了好感，而且那种优越感消失了。在这场我们有生以来进行的唯一的一次角逐中，我怎能对一个显然是胜利者的生物感到优越呢？为何不能再宽宏大量一次？宽容和慈悲是人最崇高的品德。在体现这些高贵品质的过程中，我可以恢复自己的声望。目前，我是一个可笑的人物，一个笑柄、笑料。借施仁慈，我可以重新坚持人的道德尊严，并体面地返回我的角落。撤销死刑，我宣布道，并返回我的座位。我不能杀你，但我可以对你缓期执行。就这样办。

我拿起报纸，可他又飞来落在上面。傻家伙，我说，你是自己送上门来了。我只要把这份可敬的舆论喉舌周刊的两面啪地一合，那你就成了一具僵尸，就被干净利索地夹在一篇《论和平圈套》和另一篇《论休斯先生的谦虚》两篇文章之间了。但我不会这样做。我已经对你缓刑，因而我要向你证实，这个庞大的动物言而有信。此外，我不再想杀你了。经过对你的进一步了解，我已开始对你产生了——可以这样说吗？——一种好感。我相信圣弗朗西斯也会把你称为"小兄弟"的。但我毕竟还达不到基督教那样的仁慈和谦恭的地步。不过我认了一房远亲。命运使我们在这个夏夜成为旅伴。我引起了你的注意，而你又使我感兴趣。这种恩惠是相互的，是建立在一个基本的事实上，即我们同是尘世的生灵。人生的奇迹是我们共同的，它的奥秘亦是如此。我想，你对你的旅途还一无所知；我也不敢说，对我自己的旅途我已知道不少。在想到这件事时，我们确实极为相似——只是两个时隐时现的幽灵，刚从黑夜中来到这明亮的车厢内，围着灯扑打一阵，然后又出去，回到夜幕之中。或许……

"今晚还走吗，先生？"窗口有个声音问道。那是一个好心的脚夫，暗示我该在这站下车。我谢过他，并说，我一定是打盹了。然后我就抓起帽子和手杖走出去，进入到凉爽的夏夜里。在关这节车厢的门时，我看见了我那旅伴正拍打着翅膀围绕灯转……

❖ **作者简介**：约翰·高尔斯华绥（1867～1933），英国著名作家。著有《福尔赛世家》等作品。1932年获诺贝尔文学奖。

远处的青山

　　不仅仅是在这刚刚过去的三月里（但已恍同隔世），在一个充满痛苦的日子——德国发动它最后一次总攻后的那个星期天，我还登上过这座青山吗？正是那个阳光和煦的美好天气，南坡上的野茴香浓郁扑鼻，远处的海面一片金黄。我俯身草上，暖着面颊，一边因为那新的恐怖而寻找安慰，这进攻发生在连续四年的战祸之后，益发显得酷烈出奇。

　　"但愿这一切快些结束吧！"我自言自语道，"那时我就又能到这里来，到一切我熟悉的可爱的地方来，而不致这么伤神揪心，不致随着我的表针的每下滴答，就又有一批生灵惨遭涂炭。啊，但愿我又能——难道这事便永无完结了吗？"

　　现在总算有了完结，于是我又一次登上了这座青山，头顶上沐浴着十二月的阳光，远处的海面一片金黄。这时心头不再感到痉挛，身上也不再有毒气侵袭。和平了！仍然有些难以相信。不过再不用过度紧张地去谛听那永无休止的隆隆炮火，或去观看那倒毙的人们，张裂的伤口与死亡。和平了，真的和平了！战争继续了这么长久，我们不少人似乎已经忘记了一九一四年八月战争全面爆发之初的那种盛怒与惊愕之感。但是我却没有，而且永远不会。

　　在我们一些人中——我以为实际在相当多的人中，只不过他们

世界散文精品集丛书

表达不出罢了——这场战争主要会给他们留下了这种感觉："但愿我能找到这样一个国家，那里人们所关心的不再是我们一向所关心的那些，而是美，是自然，是彼此仁爱相待。但愿我能找到那座远处的青山！"关于忒俄克里托斯的诗篇，关于圣弗兰西斯的高风，在当今的各个国家里，正如东风里草上的露珠那样，早已渺不可见。即或过去我们的想法不同，现在我们的幻想也已破灭。不过和平终归已经到来，那些新近被屠杀掉的人们的幽魂总不致再随着我们的呼吸而充塞在我们的胸臆。

和平之感在我们思想上正一天天变得愈益真实和愈益与幸福相连。此刻我已能在这座青山之上为自己还能活在这样一个美好的世界而赞美造物。我能在这温暖阳光的覆盖之下安然睡去，而不会醒后又是过去的那种怏怏欲绝。我甚至能心情欢快地去做梦，不致醒后好梦打破，而且即使作了噩梦，睁开眼睛后也就一切消失。我可以抬头仰望那碧蓝的晴空而不会突然瞥见那里拖曳着一长串狰狞可怖的幻象，或者人对人所干出的种种伤天害理的惨景。我终于能够一动不动地凝视着晴空，那么澄澈而蔚蓝，而不会时刻受着悲愁的拘牵，或者俯视那光滟的远海，而不致担心波面上再会浮起屠杀的血污。

天空中各种禽鸟的飞翔，海鸥、白嘴鸭以及那往来徘徊于白垩坑边的棕色小东西对我都是欣慰，它们是那样自由自在，不受拘束。一只画眉正鸣啭在黑莓丛中，那里叶间还晨露未干。轻如蝉翼的新月依然隐浮在天际；远方不时传来熟悉的声籁；而阳光正暖着我的脸颊。这一切都是多么愉快。这里见不到凶猛可怕的苍鹰飞扑而下，把那快乐的小鸟攫去。这里不再有歉疚不安的良心把我从这逸乐之中唤走。到处都是无限欢欣，完美无瑕。这时张目四望，不管你看看眼前的蜗牛甲壳，雕镂刻画得那般精致，恍如童话里小精灵头上的细角，而且角端作蔷薇色；还是俯瞰从此处至海上的一带平芜，它浮游于午后阳光的微笑之下，几乎活了起来，这里没有树篱，一片空旷，但有许多炯炯有神的树木，还有那银白的海鸥，翱翔在色如蘑菇的耕地或青葱翠绿的田野之间；不管你凝视的是这株小小的粉红雏菊，而且慨叹它的生不适时，还是注目那棕红灰褐的满谷林木，上面乳白色的流云低低悬垂，暗影浮动——一切都是那么美好，这是只有大自然在一个风和日丽的天气，而且那观赏大自然的人的心情也分外悠闲的时候，才能见得到的。

在这座青山之上，我对战争与和平的区别也认识得比往常更加透彻。在我们的一般生活当中，一切几乎没有发生多大改变——我们并没有领得更多的奶油或更多的汽油，战争的外衣与装备还笼罩着我们，报纸杂志上还充溢着敌意仇恨；但是在精神情绪上我们确已感到了巨大差别，那久病之后逐渐死去还是逐渐恢复的巨大差别。

据说，此次战争爆发之初，曾有一位艺术家杜门不出，把自己关在家中和花园里面，不订报纸，不会宾客，耳不闻杀伐之声，目不睹战争之形，每日唯以作画赏花自娱——只不知他这样继续了多久。难道他这样做法便是聪明，还是他所感受到的痛苦比那些不知躲避的人更加厉害？难道一个人连自己头顶上的苍穹也能躲得开吗？连自己同类的普遍灾难也能无动于衷吗？

整个世界的逐渐恢复——生命这株伟大花朵的慢慢重放——在人的感觉与印象上的确是再美不过的事了。我把手掌狠狠地压在草叶上面，然后把手拿开，再看那草叶慢慢直了过来，脱去它的损伤。我们自己的情形也正是如此，而且永远如此。战争的创伤已深深侵入我们的身心，正如严霜侵入土地那样。在为了杀人流血这桩事情而在战斗、护理、宣传、文字、工事，以及计数不清的各个方面而竭尽努力的人们当中，很少人是出于对战争的真正热忱才去做的。但是，说来奇怪，这四年来写得最优美的一篇诗歌，亦即朱利安·克伦菲尔的《投入战斗！》竟是纵情讴歌战争之作！但是如果我们能把自那第一声战斗号角之后一切男女对战争所发出的深切诅咒全部聚集起来，那些哀歌之多恐怕连笼罩地面的高空也盛装不下。

然而那美与仁爱所在的"青山"离开我们还很遥远。什么时候它会更近一些？人们甚至在我所偃卧的这座青山也打过仗。根据在这里白垩与草地上的工事的痕迹，这里还曾宿过士兵。白昼与夜晚的美好，云雀的欢歌，香花与芳草，健美的欢畅，空气的清新，星辰的庄严，阳光的和煦，还有那清歌与曼舞，淳朴的友情，这一切都是人们渴求不餍的。但是我们却偏偏要去追逐那浊流一般的命运。所以战争能永远终止吗？……

　　这是四年零四个月以来我再没有领略过的快乐，现在我躺在草上，听任思想自由飞翔，那安详如海面上轻轻袭来的和风，那幸福如这座青山上的晴光。

❖ **作者简介：**查尔斯·狄更斯（1812～1870），英国作家。主要作品有《大卫·科波菲尔》、《双城记》等。

到尼亚加拉大瀑布

那一天的天气寒冷潮湿，着实苦人；凄雾浓重，几欲成滴，树木在这个北国里还都枝柯赤裸，完全冬意。不论多会儿，只要车一停下来，我就侧耳静听，看是否能听到瀑布的吼声，同时还不断地往我认为一定是瀑布所在那方面死乞白赖地看；我所以知道瀑布就在那一方面，因为我看见河水滚滚朝着那儿流去；每一分钟都盼望会有飞溅的浪花出现。恰恰在我们停车以前几分钟内，我看见了两片嵯峨的白云，从地心深处巍巍而出，冉冉而上。当时所见，仅止于此。后来我们到底下了车了；于是我才头一回听到洪流的砰訇，同时觉得大地都在我脚下颤动。

崖岸陡峭，又因为有刚刚下过的雨和化了一半的冰，地上滑溜溜的，所以我自己也不知道我是怎么下去的，不过我却一会儿就站在山根那儿，同两个英国军官（他们也正走过那儿，现在和我到了一块儿）攀登到一片嶙峋的乱石上了；那时蓬勃大作，震耳欲聋，玉花飞溅，我全身濡湿，衣履俱透。原来我们正站在美国瀑布的下面。我只能看见巨浪滔天，劈空而下，但是对于这片巨浸的形状和地位，却毫无概念，只渺渺茫茫，感到泉飞水立，浩瀚汪洋而已。

我们坐在小渡船上，从紧贴在这两个大瀑布前面那条汹涌奔腾的河里过的时候，我才开始感到是怎么回事；不过我却有些目眩心摇，因而领会不到这幅光景到底有多博大。一直到我来到平顶岩上看去的时候——哎呀天哪，那样一片飞立倒悬的晶莹碧波！——它的巍巍凛凛，浩瀚峻伟，才在我眼前整个呈现。

于是我感到，我站的地方和造物者多么近了，那时候，那幅宏伟的景象，一时之间所给我的印象，同时也就是永久无尽所给我的印象——一瞬的感觉，而又是永久的感觉——是一片和平之感：是心的宁静，是灵的恬适，是对于死者淡泊安详的回忆，是对于永久的安息和永久的幸福的展望，不掺杂一丁点暗淡之情，不掺杂一丁点恐怖之心。尼亚加拉一下就在我心里留下深刻的印象——留下了一个美丽的形象；这形象，一直留在我的心头，永远不改变，永远不磨灭，一直到我的心房停止了搏动的时候。

我们在那个神工鬼斧、天魔帝力所创造出来的地方待了十天，在那永久令人难忘的十天里，日常生活中的龃龉和烦恼，如何离我而去，越去越远啊！巨浸的砰訇对于我如何振聋发聩啊！绝迹于尘世之上而却出现于晶莹垂波之中的，是何等的面目啊！在变幻无常、横亘半空的灿烂虹霓四围上下，天使的泪如何玉圆珠明，异彩缤纷，纷飞乱洒，纵翻横出啊！在这种眼泪里，天心帝意，又如何透露而出啊！

我一起始，就跑到了加拿大那一边儿，在那十天里就一直在那儿没动。我从来没再过过河；因为我知道，河那边也有人，而在这种地方，当然不能和不相干的闲杂人掺和。整天往来徘徊，从一切角度，来看这个垂瀑；站在马蹄铁大瀑布的边缘上，看着奔腾的水，在快到崖头的时候，力充劲足，然而却又好像在驰下崖头、投入深渊之前，先停顿一下似的；从河面上往上看巨涛下涌；攀上邻岭，从树梢间瞭望，看激湍盘旋而前，翻下万丈悬崖；站在下游三英里的巨石森岩下面，看着河水，波涌涡漩，砰訇应答，表面上看不出来它所以这样的原因，实在在河水深处，却受到巨瀑奔腾的骚扰；永远有尼亚加拉当前，看它受日光的蒸腾，受月华的逗逗，夕阳西下中一片红，暮色苍茫中一片灰；白天整天眼里看它，夜里枕上醒来耳里听它；这样的福就够我享的了。

　　我现在每到平静之时都要想：那片浩瀚汹涌的水，仍旧尽日横冲直滚，飞悬倒泻，砰訇蓬勃，雷鸣山崩；那些虹霓仍旧在它下面一百英尺的空中弯亘横跨。太阳照在它上面的时候，它仍旧像玉液金波，晶莹明彻。天色暗淡的时候，它仍旧像玉霰琼雪，纷纷飞洒；像轻屑细末，从白垩质的悬崖峭壁上阵阵剥落；像如絮如棉的浓烟，从山腹幽岫里蒸腾喷涌。但是这个滔天的巨浸，在它要往下流去的时候，好像要先死去一番似的，从它那深不可测、以水为国的坟里，永远有浪花和迷雾的鬼魂，其大无物可与伦比，其强永远不受降伏，在宇宙还是一片混沌、黑暗的时候，在匝地的巨浸——水——以前，另一个漫天的巨浸——光——还没经上帝吩咐而一下弥漫宇宙的时候，就在这儿森然庄严地呈异显灵。

❖**作者简介：** 弗兰西斯·培根（1561～1626），英国思想家、作家、科学家。主要作品有《新工具》、《学术的进步》等。

论 求 知

　　求知可以作为消遣，可以作为装饰，也可以增长才干。

　　当你孤独寂寞时，阅读可以消遣。当你高谈阔论时，知识可供装饰。当你处世行事时，正确运用知识意味着力量。懂得事物因果的人是幸福的。有实际经验的人虽能够办理个别性的事务，但若要综观整体，运筹全局，却唯有掌握知识方能办到。

　　求知太慢会弛惰，为装潢而求知是自欺欺人，完全照书本条条办事会变成偏执的书呆子。

　　求知可以改进人和天性，而实验又可以改进知识本身。人的天性犹如野生的花草，求知学习好比修剪移栽。实习尝试则可检验修正知识本身的真伪。

　　狡诈者轻鄙学问，愚鲁者羡慕学问，唯聪明者善于运用学问。知识本身并没有告诉人怎样运用它，运用的方法乃在书本之外。这是一门技艺，不经实验就不能学到。不可专为挑剔辩驳去读书，但也不可轻易相信书本。求知的目的不是为了吹嘘炫耀，而应该是为了寻找真理，启迪智慧。

　　有的知识只需浅尝，有的知识只要粗知。只有少数专门知识需要深入钻研，仔细揣摩。所以，有的书只要读其中一部分，有的书只需知其中梗概即可，而对于少数好书，则要精读，细读，反复

童
年
轶
事

地读。

有的书可以请人代读，然后看他的笔记摘要就行了。但这只限于质量粗劣的书。否则一本好书将象已被蒸馏过的水，变得淡而无味了！

读书使人的头脑充实，讨论使人明辨是非，做笔记则能使知识精确。

因此，如果一个人还愿做笔记，他的记忆力就必须强而可靠。如果一个人只愿孤独探索，他的头脑就必须格外锐利。如果有人不读书又想冒充博学多知，他就必定很狡黠，才能掩饰他的无知。

读史使人明智，读诗使人聪慧，演算使人精密，哲理使人深刻，伦理学使人有修养，逻辑修辞使人善辩。总之，"知识能塑造人的性格"。

不仅如此，精神上的各种缺陷，都可以通过求知来改善——正如身体上的缺陷，可以通过运动来改善一样。例如打球有利于腰肾，射箭可扩胸利肺，散步则有助于消化，骑术使人反应敏捷，等等。同样，一个思维不集中的人，他可以研习数学，因为数学稍不仔细就会出错。缺乏分析判断力的人，他可以研习经院哲学，因为这门学问最讲究繁琐辩证。不善于推理的人，可以研习法律学，如此等等。这种种头脑上的缺陷，可以通过求知来疗治。

世界散文精品集丛书

❖**作者简介：**罗伯特·林德（1879～1949），英国杂文作家。代表作有《无知的乐趣》、《蓝狮》等。

钱 匣

　　我的大侄女从一个晚会的圣诞树上带回一只钱匣。这钱匣制作得很精致可爱，外貌是座房子，正面有彩绘长窗。"怎么才能把它打开？"她问我道，一边把它翻转过来，不是搓搓地板，就是拉拉山墙和屋顶，意思是想要把它弄开。"不错，"我开口道，随手把它取过，细看了看，"在钱匣上这是最该弄明白的东西。""没有一个孩子，"我的侄女接着说道，一边把它拿了回去，拼劲地摇了起来，"会愿意往那里面放两便士，除非她知道了怎么开法。""今天孩子们还使用钱匣吗？你们学校里的孩子们也这样吗？"我问她。"一点不错，"她回答道，"但是他们都知道么开法，至少用个改锥什么的就可以把它撬开。白林达就有人送给她钱匣——常常是信箱式样的钱匣——但是有时她刚存进了两个便士就看见店里有卖太妃苹果糖的，她又想把取出来了。所以她只好把那钱匣再弄开。这种钱匣用个罐头一撬，底就掉了。""可是要买一只钱匣，"我反驳道，"至少也得花费你六个便士。现在为了两个便士而撬坏六个便士的东西，这值得吗？""可这些钱匣是别人送的啊。""噢，如果是那样，倒也就另说了。""另外，"我侄女接着道，"还有一种钱匣谁都不知道怎么打开法，但是那里面的东西一满了，它就会自己胀开。大概是因为什么弹簧的关系。所以孩子们要取钱时当然就得往那里面填东西。其实这也不难。往里面填什么都可以，只要挤动那个弹簧就行。"话犹未了，奇迹发生了。那钱匣的底竟突然在她的手里慢慢转了开来，于是立刻全部真相大白。"太好了，"她高兴得叫了出来，脸上也泛起光彩，"这我就能往那里面存钱了。看来这个钱匣还做得合理。""是的，"我说，"你的运气总是不坏的。你想那使用钻刀来开的其他孩子该多辛苦。如果一般做父母的知道这个，他们就会明白那普通的钱匣不只浪费了他们自己的钱，也浪费了他们孩子的时间。""大人常常并不聪明，"侄女说道，一边把一个便士从那钱口塞了进去，然后便摇起匣子听响。

试问这便是一个处处皆然的普遍作法吗？难道从来就没有哪个儿童能在钱匣里面存下钱吗？钱匣这东西，依我看来，本不一定是儿童房间里的应有之物，而只能说是金钱观念世俗思想的一种巧妙结晶，并被一些狡黠父母以玩具的外形强行塞到儿童那里去的。我很怀疑，如果你让儿童去挑拣什么玩具，他准会向你索要一只钱匣。当然这并不是说，如果已经得到了一只钱匣，他们一定便不喜欢它。记得我自己以前在得到一只钱匣时就最好耽入一种如意的幻想，明明一个便士还没放进，我已经看到它涨满起来。幻象这事不仅成年人有，儿童们同样也有，于是就在他们还吃着糖字母玩的时候，财富的幻象已经对他们有了诱惑作用。事实上，随便一件极普通的玩意儿——例如玩具手枪、手风琴、钓竿、焰火筒、手表、刀具、三角形的好望角邮票，等等，往往都不是平日那点点零钱就够买的；另一方面，即使很小的孩子，很快也就学会，十二便士就是一先令，而二十先令就是一镑，这样很大的数目也都能靠积攒而获得。连一个儿童也都不难从那钱匣的孔隙中窥见几分天堂。而且，不少糖果店的橱窗与《儿童报》上的廉价邮票广告又都会使得这类天堂不再那么高不可攀。即使到了后来，人们也很少仅仅为了来日的极大快乐便甘愿牺牲眼前的一般快乐。如果说到童年，那么至少我这个意志不免薄弱的人便不曾做到。我自己就从来没有哪件东西是靠积蓄

世界散文精品集丛书

买回来的。一只钱匣，除非是在那开头有限的几天，在我的眼中从来就是一个必须将其斗倒甚至斗垮的凶恶敌人。那时的钱匣一般都是一个铁制的小鼓样子。一旦一枚便士放了进去，你便是把它颠来倒去甩上一个小时，也休想把一个小钱骗了出来。于是你便取过刀来，想尽办法去逗引个便士跑到刀刃上来，以便顺着孔隙把它轻轻地拖到光天化日之下。但是我老实承认，由于个人技术欠佳，这事在我很少成功。天下最令人气恼的事实在无过于眼见一枚便士在数十百次的失败之后，终于好容易弄到了刀刃之上，因而满以为它能像一名善良的基督徒那样老老实实地跟了出来，却又在最后关头，再次失足跌入那钱匣的暗无天日的禁锢之中。细想那坦泰鲁斯的苦恼之一大概也与这钱匣有关，他的钱匣里的便士常是装得满满的，但是当他见到有卖椰子片的而想从那匣子里寻个便士时，总是刚刚快要弄了出来，便又掉了进去。至于说到我自己，我对这种情形的忍耐往往是有限度的。那钱匣愈是对我进行抗拒，我的态度就会变得愈加坚决；既然刀子掏不出钱，我会马上打开碗柜，取出那儿童工具箱来，带上凿子回来再战。我的一条坚信不疑的老主意便是，任凭你钱匣做得再加牢固，凿子面前总会是抵不住的。有了凿子，你既可以把匣子从它的顶部撬开，也可以——而且这个办法更好——把它的开口加大，这时里面的便士便会像一群鸽子那样从鸽房中飞了出来。当然，不管属于哪种情形，那钱匣都不会再是它原来的那种样子。但是撬掉顶子会把钱匣从此毁坏，而扩大开口只不过会使它的嘴部有些奇形怪状罢了。一只没有经人撬过的钱匣口往往是那么矜持、紧闭、冷酷、无情，仿佛墨德斯东的嘴唇那样。但是凭借凿刀之助，不消多大工夫，它就将变成一张有说有笑的嘴——那慷慨大方，福斯塔夫式的嘴，颇能帮你捣鬼。另外对于拥有它的那个幼小主人也会变得大有用处。在这之前，它对人不过是个麻烦，就是作为装饰，也是有百害而无一利。好了，现在它已成了一个时时能为你服务的钱匣——存钱取钱，一切悉听尊便。

　　至于一个人从他自己的钱匣里去盗窃是否为不道德，这倒是伦理学上一个较微妙的问题了。显而易见，我们每一个人都是由两个自我所组成——其中一个喜欢存钱，另外一个喜欢花钱——而这两者之间的差异分歧之大殊不下于一个人同他的堂表兄弟。不仅如此，他们彼此之间还互不信任甚至互相敌视。好存钱的那个总是觉着自己处处受到好花钱的那个的阻挠，而好花钱的那个一想起好存钱的那个时时监视着他和对他颇多埋怨，又会非常恼火。当好花钱的那个看见好存钱的那个又偷偷往钱匣里放进一个便士时，他真想大喊："快来捉贼！他偷走了我的钱！"而当好存钱的那个看见好花钱的那个用凿子弄出几个便士来时，他同样会痛苦得要喊叫起来："快来捉贼！那匣子里的东西全是我的。"这里我们所见到的确实是一个很悲惨的局面，他们中的每一个都像判了终身监禁一般，不得不在那另一方的怨恚声中了却其一生，而同时又像生来就长到一起的一对双生，哪一个也摆脱不开另外一个。幸运的是，从一个人生命的较早时期起，其中一方往往会对另一方取得优势，于是迫使对方不敢做声。人的生活的确会弄得不堪设想，如果这两个自我总是轮番跑到那位严肃的法官亦即良心面前互相告状。我已记不得从何时起好花钱的那个在我身上对好存钱的那个取得了彻底胜利，但我却敢肯定这早已是滑铁卢的局面。我的贪得无厌并不下于其他的人，而爱财之甚也非文字所能形容；但是我却没有存钱的本领，因而我仅有的一点积蓄只是在一天二十四个小时的有限时间之内来不及花掉的情形下才攒起来的。即使在我十来岁的小小年纪，你如果要教育我说，"在存钱上，积少成多"，甚至赠送我一部贫儿致富史（内容讲他之所以能够致富主要是因为他始终不曾忘记"照管好你的便士，你的英镑也就会照管好它们自己"），那也会完全无济于事。我自己也未尝不想发财，只是我盼望那财富会像奇迹般的自己跑来。在我看来，单单为了在将来何年何月能够发财致富，甚至变成百万富翁，便不论巧克力还是舍百特，什么也得忌口，实在未免是一种卑吝行径。

这种存钱简直无异于以一位友人的痛苦为代价。因为，说到头来，一个人的肚子又何必为他的钱袋而受罪？前者是合乎情理的，敏感和热情的，而后者则是不近情理的，迟钝而冰冷。所以只应当是后者去为前者服务，而不是相反。实际上每个曾经打破过他自己钱匣的孩子都是懂得这个道理的。

但是存钱这事也一定有它的某种乐趣，因为有不少人便宁愿去存钱而不愿去看戏、旅游、购书、饮酒。甚至连一些很不错的人们也都愿意存钱，因为他们考虑的是自己子女的前途，或者为了资助某项他们心爱的事业。但是也颇有这样一些人，他们的喜爱存钱并非是为着什么目的，而是单纯为了存钱而存钱。它成了一种嗜好，例如饮酒；一种积癖，例如搜集古瓷。这种癖嗜还是相当普遍的，而不少小说家，从巴尔扎克到安诺德·贝奈特先生，都曾把这事当作他们故事的重要主题来写。我很怀疑，这一切问题是否即肇端于这小小的钱匣？自从柯鲁珊克成了一名坚定的戒酒主义者之后，他曾画过一套关于饮酒之害的连环漫画，内容详细描绘了这种贪杯的恶习如何一步步地戕害了一个人的一生。他那第一幅画，据我记得，画的便是一个还在怀抱中的婴儿已经被他那好心但糊涂的父母开始喂上酒喝。那最初的一啜早已注定了这个未来的酒徒的一生命运。因而很早就把一只钱匣送给孩子是否也同样会是好心办了坏事？试想如果再有哪位柯鲁珊克式的画家也仿此而画上一套财迷传的话，那第一幅自应是一位好心肠的老祖父正把一只表面看来完全无害的锡铁钱匣送给一个还刚刚开始学步的很小的婴儿。十年之后，这个儿童已学会了在布施盘上用只小纽扣来冒充钱币，于是便把一个便士给自己省下。再过十年，他已节省到连纸烟也不舍得自己去买，而只抽朋友的烟。到了四十，他在银行里已经有了相当一笔存款，但却仍然自以为一文不名，因此绝不花钱看戏，绝不花钱坐车，绝不宴请友人。六十岁时他已是一位阔佬，但却仍然觉得自己一贫如洗。他停了自己的报纸，要看报便到公共图书馆去，以便再多省下点钱。八十岁时他已因为过分刻苦自己而憔悴干瘪得不成人形，正如过分放纵也会闹成的那样——成了一个有的是钱而不知道如何去花的怪人——一个一生也不曾多花过一文钱的废物——一个对自己都刻薄得要命的典型的自私自利家伙。这的确是件言之痛心的事，并足为为父母者戒，即是当他们把像钱匣这样一件充满隐患的礼物送到自己孩子的天真的小手里之前，确实值得他们慎重考虑一番。最起码当他们这样做时，这种礼物应当伴随以工具箱一个，内有凿子一只、罐头刀一柄和改锥一具。有了这些，一只钱匣对孩子也就会害处不大了。大概唯一无害于道德的钱匣只可能是这样一种钱匣，即是当你要用钱时，你能从那里面取了出来。

世界散文精品集丛书

◆**作者简介：** 马克西姆·高尔基（1868～1936），俄国著名作家。代表作有《母亲》、《我的大学》等。

鹰 之 歌

懒洋洋地在岸边叹气的大海在浴着淡青色月光的远方静静地睡着了。在那儿柔和的、银白色的海跟南方的蓝色天空融在一块儿，沉沉地睡去了，海面反映出羽笔形云片的透明的织锦，那些云片也是不动的，而且隐隐约约地露出来金色星星的光纹。天空仿佛越来越低地朝海面俯下来，它好像想听清楚那些不知道休息的波浪瞌睡昏昏地爬上岸的时候，喃喃地在讲些什么。

山上长满了给东北风吹折成奇形怪状的树木，这些山把它们峻峭的山峰高高地耸在它们头上那一片荒凉的蓝空中，在那儿它们的锋利、粗糙的轮廓给包裹在南方夜间的温暖、柔和的黑暗里，变成浑圆的了。

高山在严肃地沉思。它们把黑影投在带绿色的重重浪头上，紧紧地罩住了浪头，好像想制止波浪的这种唯一的动作，想静息水波的不绝的拍溅声和浪花的叹息，——这一切声音打破了四周神秘的静寂，在这四周除了这一片静寂以外，还弥漫着这个时候还隐在山峰后面的明月的淡青色的银光。

"阿—阿拉—阿赫—阿—阿克巴尔！……"纳迪尔—拉吉姆·奥格雷轻轻地叹口气说，他是克里米亚的老牧羊人，高个子白头发，皮肤给南方的太阳烤黑了，是一个聪明的干瘦老头子。

童 年 轶 事

世界散文精品集丛书

他和我两个躺在一块跟亲族的山隔断了的大岩石旁边的沙滩上，这块大岩石身上长满了青苔，现在给罩在阴影里，——这是一块忧愁的，阴郁的岩石。波浪把泥沙和海藻不断地投在岸石朝海的那一面，岩石上挂满了这些东西，就好像给拴在这个把海跟山隔开了的狭长沙滩上一样。我们营火的火光照亮了岩石朝山的这一面，火光在颤抖，影子在布满深的裂痕的古老岩石上面跑。

拉吉姆跟我正在用我们刚才捉到的鱼做汤，我们两个人都有这样的一种心境：好像什么东西都是透明的、有灵魂的、可以让人了解透彻的，而且我们的心非常纯洁，非常轻松，除了思索以外，就再没有任何的欲望了。

海亲热地拍着岸，波浪的声音是那样亲切，好像在要求我们准许它们在营火旁边取暖似的。偶尔在水声的大和音中间响起来一种更高、更顽皮的调子——这就是快爬到我们跟前来的一个胆子更大的波浪。

拉吉姆胸膛朝下地伏在沙滩上，头朝着海，两只胳膊肘支着身子，头搁在手掌心上，沉思地望着阴暗的远方。那顶毛茸茸的羊皮帽子已经滑到他的后脑袋上了，一阵凉风从海上吹来，吹到他那布满细皱纹的高高的前额上。他开始谈起哲理来，并不管我是不是在听他，好像他在跟海讲话一样：

"忠诚地信奉上帝的人要进天国。可是不信奉上帝、不信奉先知的人怎样呢？也许他——就在这个浪花里面……说不定水上这些银色点子就是他……谁知道呢？"

阴暗的、摇荡得厉害的海亮起来了，海面上这儿那儿出现了随便射下来的月光。月亮从毛茸茸的山峰后面出来了，现在慢悠悠地把它的光辉倾注在海上（海正轻轻叹着气起来迎接它），倾注在我们旁边的岩石上。

"拉吉姆！……讲个故事吧……"我向老头子央求道。

"为什么要讲？"拉吉姆问道，他并不掉过头来看我。

"是啊！我喜欢你的故事。"

"我已经把所有的故事全讲给你听了……我再也没有了……"他愿意我央求他讲。我就求他。

"你愿意听的话，我就给你讲个歌子吧!"拉吉姆同意了。

我愿意听他的古老的歌子，他极力保持歌子的独特的旋律，就用一种沉郁的吟诵调讲起来。

一

"黄颔蛇爬在高高的山上，它躺在潮湿的峡谷里，盘起身子，望着下面的海。

"太阳照在高高的天上，山把热气吹上天，山下海浪在拍打岩石……

"山泉穿过黑暗和喷雾的中间沿着峡谷朝着海飞奔，一路上冲打石子，发出雷鸣的声音……

"山泉满身白色浪花，它又白又有劲，切开了山，带着怒吼地落进海里去。

"突然在蛇盘着的峡谷里，从天上落下来一只苍鹰，它胸口受伤，翅膀带血……

"鹰短短地叫一声，就落到地上来，带着无可奈何的愤怒，拿胸膛去撞坚硬的岩石……

"蛇大吃一惊，连忙逃开了，可是它马上就知道这只鸟只能够活两三分钟……

"蛇爬到受伤的鸟跟前，对着鸟的耳朵发出咝咝的声音：

"'怎么，要死吗?'

"'对，我要死了。'鹰长叹一声，回答道，'我痛快地活过了!……我懂得幸福!……我也勇敢地战斗过!……我看见过天空……你绝不会离得这么近地看到天空!……唉，你这个可怜虫!'

"'哼，天空是什么东西? ——一个空空的地方……我怎么能爬

到那儿去呢？我这儿就很好……又暖和，又潮湿！'

"蛇这样回答爱自由的鸟，可是它却在心里暗笑鹰的这些梦话。

"它这样想着：'不论飞也好，爬也好，结局只有一个：大家都要躺在地里，大家都要变做尘土……'

"可是这只英勇的鹰突然抖了抖翅膀，稍微抬起身子，看了看峡谷。

"水从灰色岩石缝中渗出来，阴暗的峡谷里非常气闷，而且散布着腐朽的气味。

"鹰聚起全身的力气，悲哀地、痛苦地叫：

"'啊，只要我再升到天空去一次！……我要拿仇敌……来堵我胸膛的伤口……拿它来止我的血……啊，战斗的幸福！……'

"蛇在想：'它既然这样痛苦地呻吟，那么在天空生活一定非常愉快！……'"

"它就给这只爱自由的鸟出主意：'你就爬到峡谷边儿上，跳下去，你的翅膀也许会托起你来，那么你还可以痛快地活一会儿。'

"鹰浑身发颤，骄傲地大叫一声，用爪子抓住岩山上的黏泥，走到了悬崖的边缘。

"鹰到了那儿，就展开翅膀，深深吸了一口气，两只眼睛发光——滚下去了。

"它像石头一样在岩石上滚着滑下去，很快地就落到下面，翅膀折断，羽毛散失……

"山泉的激浪捉住它，洗去它身上的血迹，用浪花包着它，带它到海里去。

"海浪发出悲痛的吼声撞击岩石……在无边的海面上不见了鸟的尸首……

二

"黄颔蛇躺在峡谷里，好久都在想鸟的死亡和鸟对天空的热情。

"它一直望着远方，那个永远用幸福的梦想来安慰眼睛的远方。

"'这只死鹰，它在无底无边的虚空里看见了什么呢？为什么像它这一类的鸟临死还要拿它们那种对于在天空飞翔的热爱来折磨灵魂呢？它们在那儿明白了什么呢？其实我只要飞上天空去，哪怕一会儿也好，我就会全知道的。'

"它说了就做了。它把身子卷成一个圈，往空中一跳，它像一根细带子在日光里闪亮了一下。

"生成爬行的东西不会飞！……它忘记了这一层，跌在岩石上面了。可是它并没有死，反倒大声笑起来了……

"'原来这就是在天空飞翔的妙处！这也就是跌下去的妙处啊！……这些可笑的呆鸟！它们不懂得土地，在土地上感到不舒服，只想高高地飞上天空，生活在炎热的虚空里。那儿只有空虚。那儿光多得很，可是没有吃的东西，也没有托住活的身体的东西。为什么要骄傲呢？为什么要责备呢？为什么拿骄傲来掩饰它们自己那种疯狂的欲望，拿责备掩饰它们自己对生活的毫无办法呢？可笑的呆鸟！……它们讲的话现在再也骗不到我了！我自己全明白了！我——看见过天空了……我飞到天上去过，我探测过天空，也知道跌下去是怎么一回事了，不过我并没有跌死，我只有更加相信我自己。让那些不能爱土地的东西就靠幻想活下去吧。我认识真理。我绝不相信它们的号召。我是从土地生出来的，我就依靠土地生活。'

"蛇洋洋得意地盘在石头上面。

"海面充满灿烂的阳光在闪烁，波浪凶猛地打击着海岸。

"在它们那种狮吼一样的啸声中响起了雷鸣似的赞美骄傲的鸟的歌声，海浪打得岸石发抖，庄严、可怕的歌声使得天空战栗：

"我们歌颂这种勇士的疯狂！

"勇士的疯狂就是人生的智慧！啊，勇敢的鹰啊！你在跟仇敌战斗中流了血……可是将来有一天——你那一点一滴的热血会像火花一样，在人生的黑暗中燃烧起来，在许多勇敢的心里燃起对自由、

对光明的狂热的渴望！

　　"你固然死了！……可是在勇敢、坚强的人的歌声中你永远是一个活的榜样，一个追求自由、追求光明的骄傲的号召！

　　"我们歌颂勇士的疯狂！……"

　　……远处乳白色的海面静下来了，海浪哼着唱歌的调子在拍打沙滩，我望着远处的海面不做声。水上，月光的银色点子越来越多了……我们的水壶轻轻地沸腾起来。

　　一个浪顽皮地跳上了岸，带着无礼的闹声朝拉吉姆的头爬过来。

　　"你到哪儿去？……退回去！"拉吉姆朝着浪挥一下手，浪恭顺地退回海里去了。

　　我并不觉得拉吉姆把波浪当做人一样看待的举动可笑或者可怕。我们四周的一切都显得十分有生气、温柔、亲切。海非常平静，是一种带着威严的意味的平静，使人觉得海吹到山上（在那儿白天的炎热还没有退尽）去的新鲜气息中有许多强大的、含蓄的力量。深蓝色天空中，星星的金色花纹透露出来让人甜蜜地期待着某一种启示的、使灵魂迷醉的、庄严的消息。

　　一切都在打瞌睡，不过这是一种紧张的、容易醒的瞌睡，好像在下一秒钟一切都会惊醒起来，共同发出一种异常好听的音调的极和谐的和音。这些音调会讲些关于世界的秘密的故事，会使人的智慧了解这些秘密，然后就像扑灭鬼火似的弄灭人的智慧，把灵魂高高地带到深蓝色的深渊里去，在那儿星星的闪烁的花纹会奏起启示的仙乐来迎接灵魂……

❖**作者简介：**彼得·瓦列利维奇·柯热夫尼科夫（1953~　），俄国散文作家、记者、影视导演。主要作品有散文集《岛屿》等。

气 球

　　圆滚滚的样子讨我喜爱，轻飘飘的感觉也同样讨我喜爱。虽说我绝对地拥有这种感觉——已成过去。现在我已不能像从前那样腾起、升高，在城市上空翱翔了。在我的下面，人们在忙碌，房屋在微微摇晃，河水被钳制在花岗石之间泛着水花；人们仰头眺望着我，误以为我能如云一般浮游天际，房屋深深地羡慕我，流水竭力追求我。可我正轻飘飘地、晃晃悠悠地下沉着，幻想着：我朝窗户里探视，窗户里发生着各种各样的事情，我恍惚觉得，我也是人，或者至少是只猫，仿佛我能穿墙破壁，跟人一起坐在桌边，也许还能津津有味地喝着茶，甚至还指望看看电视。又下降一阵后，我回想起：他们有手，他们当时用手抓住我，他们有嘴，他们当时用嘴吹我；在那一刻，我感到很不自在，甚至感到害怕，可是我浑身充满了气之后，由于我所取得的弹性，由于我那薄得无与伦比的外壳，把整个世界分成了两半：内部的世界和外部的世界，我欣喜若狂。以前有过某种东西，与现在截然不同的一种东西，我想那是种什么东西，可是怎么也想不起来——是什么？

　　生命来自无休无止的节日。我出生在一个庆典的日子里。可狂欢终于结束，火炬终于熄灭。礼炮的回声终于沉在河底——又要回到平常日子了，我看到了我的同类：蓝色的和黄色的，绿色的，透

世界散文精品集丛书

明的，红色的，像我一样带着各种图形和花纹，圆圆的像南瓜，椭圆的像西葫芦，——啊，周围你们有多多少少呀，可是全失去了美丽的球形，在往下落，你们多么可怜地颤动着，像枯萎的树叶，挂在树枝的弯曲处；像被揉皱的卷烟纸，拖曳在柏油路上，像从水底泛上来的死鱼，在铲形的浪花里浮动。

我的日子究竟还剩下多少？我不知道。树枝老是要朝我身上扎，我担心被刺穿，可我很走运，依然保持着完整，于是我继续往下降，我拍打着柏油路面，又担心被粗糙的石头擦破，可我很走运，没被擦破，我继续蹦蹦跳跳，随风飘荡，仿佛什么也不用担心；我啪地落到水里，可并没有弄出溅水声：我依然轻轻的，圆圆的，随着水流飘浮，要知道我就是一个——气球。

雪花像蒲公英籽儿一般不慌不忙地飘到河面上。雪好似胆怯的侦察兵一变而为无数的空降兵，这不，许许多多雪花堆在我身上，可我抖掉了重负，翻过身来，显得非常轻松，旋即又对新落在我身上的雪着手进行同样的程序。

一团雪花啪的一声落在我身边，我被溅了一身水。岸边——有两个孩子：一个男孩在做着新的雪球，一个女孩求他不要把我扔远了，而让他抓住我送给她。男孩扔出雪球，可是扔得不是地方，我反而飘得远些了，同时为自己的未来饱受着惊吓，我祈求得到怜悯，我徒然地恳求：孩子们，你们尽可跟我一起度过美好的时光。小男孩，你尽可跟我开开心心地玩耍。要知道我是个气球——我圆圆的，没有重量，我——是被薄如蝉翼的外壳隔成两个世界的空气，你要是能抓着扎住我喉咙的线，用我整个的躯体敲打着什么，比如说，敲打你自己腿上的膝盖，或者敲打——朋友的头顶，那简直是太妙了，这时发出的声音将带着闪光，你会觉得好笑、开心，会哈哈大笑，于是你松开我，我会飞啊飞啊慢慢地升高。而你，小姑娘，你尽可将我高高抛起，再抓住我，要知道这是极其有趣的——放开球，当它下降时，它会在你身边打着转，一圈、两圈、三圈！

孩子们顺着河岸追我。男孩重新拿着一团白花花的雪球向我瞄准,他的雪球碰上了我。一大块沉沉的,可它顺着我的身体滑掉了,没有毁坏我球的形状。

桥下,在那难以看清的阴影里,有一只细颈玻璃瓶在蹦跳,它的上端被打碎了。因此它的样子预示着不祥。我为自己担惊受怕。我打算呼叫,呼叫援助,然而——我不能:我只是一只气球。孩子们扔过来的雪球,改变了我前进道路的轨道,风驱赶着我,它一阵一阵地带着我赶着我,玻璃瓶在蹦跳,它无情地将尖尖的碎口对着我。

世界散文精品集丛书

❖**作者简介**：康斯坦丁·格奥尔基耶维奇·巴乌斯托夫斯基（1892～1968），俄国作家。主要作品有《一生的故事》、《金蔷薇》等。

🌿黄 光

　　一觉醒来，是灰蒙蒙的早晨。房间里一派均匀的黄光，仿佛是点了一盏煤油灯。这光来自窗外，是从下往上的，因此把原木做的天花板照得最亮。

　　这奇怪的光暗淡而静止，不像太阳光。这是秋叶发出来的。一个漫漫长夜，寒风凄紧，干枯的树叶凋落了，成堆的积在地上，瑟瑟有声，发出了淡淡的光。让这光一照，人的面孔像是被太阳晒黑了，而桌上摊开的书页，仿佛给涂上了一层蜡。

　　秋天便这样来了。对我说来，它是这天早晨一下子来的。在此以前，我几乎毫无察觉，因为花园里还闻不到腐草的气味，湖水还没有变绿，木板房顶上清晨时分还没有铺上严霜。

　　秋天突然地来了。正像遇上一件最不起眼的小事——或是听见奥卡河远远传来一声轮船的汽笛，或是见到意外的一脸微笑——心中往往便也这样突然生出幸福之感一样。

　　秋天骤然来临，便主宰了大地——花园和河流，森林和空气，田野和禽鸟。万物都一下子成为秋天的了。

　　花园里，青鸟异常忙碌。它们的叫声好像玻璃破碎的声音。它们停在树枝上，低下脑袋，从槭树叶底下窥视着窗内的动静。

每天早晨，花园就好比一座孤岛，里面聚集着种种候鸟。枝叶间啾啾唧唧，叽叽喳喳，一片繁忙。只有到了白天，花园里才悄无声息：不安生的鸟儿往南方飞了。

树木开始凋零了。黄叶日夜不停地落，时而随风斜飞，时而垂直掉在潮湿的草上。落叶纷纷，有如潇潇雨下。这场雨要下好几个星期。至9月底小树林才会秃光，那时从密密的树木之间，就可见到远方青色的收割过的田野。

也就在那时，一位以打鱼和编筐为生的老人（在索洛恰，几乎所有老人都因年龄关系而从事编筐营生），名叫普罗霍尔，给我讲了一个秋天的故事。在此以前我从未听过这个故事——也许那是普罗霍尔自己编的。

"你瞧周围，"普罗霍尔对我说，一边用锥子修理树皮鞋，"你琢磨琢磨吧，亲爱的，每只鸟，或者别的什么小动物，能够活着，都跟什么事儿最有关。你来讲个明白吧。要不然，人家会说你白学了。比如秋天树叶会掉，可人就是没想到，在这件事儿上头，人是要担主要责任的。再说，人又发明了火药。要那火药干什么呀！我自己也玩过火药。老早的时候，乡下铁匠打出了第一支枪，装上了火药，这支枪落到了一个蠢货手里。那蠢货在树林里走，看见黄莺在天上飞，金黄金黄的，快快活活，呖呖的叫，你来我往亲亲热热。蠢货用双筒枪打它们，金黄的绒毛飘到地上，落到树上，树叶就干了，萎了，一下子全掉了。另外一些树叶，沾上鸟血的，变成红色，也都掉了。你在树林里总是见过的，树叶有黄的，也有红的。在那以前，什么鸟儿都在我们这儿过冬。就连仙鹤也哪儿都不去。不论夏天冬天，树林里都是叶茂、花盛、蘑菇多。雪也没有。没有冬天，我说。没有！请问，我们要冬天干什么呢?! 冬天有什么好处呢？那蠢货打死了第一只鸟，大地就苦了。打那开始，就有了落叶，有潮湿的秋天，有刮落树叶的风，有冬天了。鸟儿也害怕了，离开我们飞了，生人的气了。可不是，亲爱的，到头来是我们害了自己，所

童年轶事

以我们什么都不该破坏，要切切实实保护好。"

"保护什么呢？"

"比方说，各种各样的鸟儿啊。还有树林。还有水，要让水永远清凌凌的。老兄，什么都得保护，要不你就会怠慢了大地，总有一天会自我毁灭。"

我长期锲而不舍地研究秋天。为了能真正有所发现，必须要让自己相信，你所遇到的景象是生平第一次看到的。拿秋天来说，也是如此。我让自己确信，今年秋天是我一生中第一个也是最后一个秋天了。这就能使我更加细心地去观察它，于是就看到了我从前并未发现的许多东西。而从前的秋天，不过是一年一度，没有留下任何痕迹，只记得处处泥泞和莫斯科潮湿的屋顶而已。

我发觉，秋天把大地上存在的全部纯净的颜色都混合起来，再把苍茫的大地和天空当做画布，画了上去。

我看见树叶不仅有金黄的和紫红的，还有鲜红的，紫的，棕的，黑的，灰的，近白的。因为秋天的天空中总有一片凝止不动的雾气，那种种颜色就显得特别的柔和。一旦下雨，却又一改柔和，变成光艳迎人了。云翳的天空，仍然投下足够的亮光，使远处湿漉漉的树林犹如着了火一般，呈现一片深红色。在密密的松树林中，白桦树的叶子仿佛包上金箔，冷得瑟瑟发抖。斧头砍伐的回声，远处农妇的呼喊，鸟儿飞过时翅膀扇起的风，都会使这树叶颤动。树干周围地上有好大一圈落叶。树木总是从下面开始发黄的，我看见山杨树下面是红的，树冠上却还全然是绿的。

有一年秋天，我在普罗尔瓦河上划船。那是中午。太阳低低地挂在南边，它的斜光落在黑幽幽的水面上，又从水面反射上来。木桨荡起水波，水波反射的一道道太阳的反光有节奏地顺着河岸迅速移动，并离开水面，熄灭在树梢。这反光直透进草丛和灌木丛，使得河岸霎时间闪出千百种颜色，仿佛阳光突然照亮了五颜六色的冲积矿床。反光时而照出黑亮黑亮的草茎和它上面橙黄色的干浆果，时而照出仿佛喷了白垩的蛤蟆菌的火红色菌头，时而照出压瓷实了的成块的积年柞树叶和花大姐的红背。

　　秋天里，我常常聚精会神地观察飘落的树叶，一心想捉住叶子脱离树枝、开始坠落地面时那个不易察觉的一刹那。可惜长期没有如愿。我在一些老书中看到过，说树叶落下来时如何有声，可是我从来没有听见过这种声音。如果说响，那只有在地上，遭人脚踩的时候。说树叶在空中发出声响，在我看来就同讲春天里可以听见青草生长一样不符合事实。

　　当然啦，我是不对的。听惯了城市街道的嘈杂声，耳朵变迟钝了。需要时间，让听觉休息一下，再去捕捉秋天大地上纯正而精微的声音。

　　一天晚上很晚了，我走到花园里的井边。我把昏暗的马灯放在井架上，打了一桶水。水桶里飘着树叶。树叶到处都有，哪儿也躲不开。面包房里买来的黑面包上也黏着潮湿的树叶。风把树叶纷纷吹到桌子上、床上、地板上、书上。在花园小径上走路也费劲：得踩着树叶走，像在深雪中行进似的。就连在雨衣的口袋里、鸭舌帽里、头发里，也处处都会发现有树叶。我们睡在树叶上，浑身熏出一股树叶的清香。

　　秋季的夜间，常常是万籁俱寂，在遍布树林的一片黑黢黢地方的上空没有一丝风，只有村边栅栏那儿传来看守人的梆子声。

　　正好在这样一个夜里，马灯照亮了水井，映出了栅栏旁边的老槭树和发黄的花坛上被风吹乱了的金莲花丛。

　　我看了看槭树，只见一张红叶小心地、慢慢地脱离树枝，抖动一下，在空中停留瞬间，然后发出轻微的声，飘飘摇摇，向我的脚下斜落下来。我第一次听见了落叶的声，含糊不清，犹如幼儿的耳语。

　　夜深人静，四顾悄然。满天星光亮得几乎令人炫目。这秋天的星斗，在水桶里和农舍的小窗上，像在天上一样炯炯放光。

英仙座和猎户座在大地上空款款而行，在湖水上不住颤动，在野狼昏睡的树丛中黯然失色，又在斯塔里察河和普罗尔瓦河浅水处入睡的鱼儿鳞片上反射出亮光。

黎明时分，绿色的天狼星亮了起来。它那低低的光波总在袅袅柳丝间显得扑朔迷离。木星在草地上黑压压的草垛和潮湿的道路上空闲行，土星从另一边天的森林后面升起，那里的森林秋天里被人遗忘、冷落了。

流星的寒光不时划破夜空。在大地之上，在芦苇的萧瑟声中，在秋水的浓烈气味中，星夜渐渐地消逝。

暮秋时候，我在普罗尔瓦河边遇见了普罗霍尔。他一头乱蓬蓬的白发，手上粘满鱼鳞，坐在杞柳丛下面钓鲈鱼。他看上去不会少于一百岁。他张开没有牙的嘴，微微一笑，从小筐子里拿出一条肥大的发傻的鲈鱼，拍了拍肥肚子——炫耀他的猎物。

天晚以前，我们一起钓鱼，嚼又干又硬的面包，轻声闲谈不久前的一次林火。

那林火是先从洛普哈村附近的一块林中空地烧起来的，割草人在那儿生过篝火，后来忘了。正好赶上燥热风，火势以每小时二十公里的速度迅速向北蔓延，发出轰隆轰隆的巨响，好像有千百架飞机在作超低空飞行。

烟雾弥漫的空中，挂着一轮太阳，有如一只深红色的蜘蛛，停在紧密的灰色蜘蛛网上。烟气刺激眼睛。灰烬像雨似的慢慢落下，在河面盖上了灰蒙蒙的一层。有时烧焦了的白桦树叶从空而降，轻轻一碰便化为粉尘。

每到夜间，阴恶的火光在东方升腾，家家户户院内牛鸣马嘶，声音凄苦。地平线上亮起白晃晃的信号弹，那是灭火的红军部队在彼此通知火势的接近。

天色向晚，我们离开普罗尔瓦河回家。太阳在奥卡河那边沉落。在我们和太阳之间的地带，望去一片白蒙蒙。那是秋天的蜘蛛网浓

世界散文精品集丛书

浓密密布满了草地，阳光在那上面反映出来的。

白天蛛丝在空中飘飞，缠绕在没有割的草上，像蚕丝一样粘到木桨上、人脸上、钓竿梢上、牛角上。可以从普罗尔瓦河的此岸拉到彼岸，慢慢在河上织出轻柔的有黏性的网。每逢清晨，蜘蛛网上还缀着露珠。柳树上缠了带露珠的蜘蛛网，经太阳一照，便像遥远国度移植到我们土地上来的童话中的树木。

每张网上停着一只蜘蛛。它是乘风织网的。它可以驾着网飞行数十公里。这是蜘蛛的迁飞，极像候鸟秋天迁飞。但是迄今谁也不明白，为什么蜘蛛每年秋天要迁飞，而把细细的蛛丝布满大地。

到家后，我洗去脸上的蜘蛛网，生上炉子。白桦树的烟味跟刺柏的气味混杂在一起。一只老蟋蟀唧唧而鸣，地板下的老鼠忙忙碌碌。它们往洞里搬运丰富的储备品——人忘了藏起的面包干、蜡烛头、糖和硬得像石头的小块干酪。

我深夜醒来。鸡啼二遍，星星一动不动地停在通常的地方，风在花园上空小心地喧响，耐心地等待着黎明的降临。

❖**作者简介：** 赫尔曼·黑塞（1877～1962），德国小说家、诗人和散文家。主要作品有《彼得·卡门青》、《在轮下》和《玻璃球游戏》等。1946年获诺贝尔文学奖。

🍃童年轶事

　　几天以来，远处棕色的树林就已经闪烁着一种明朗的翠绿光彩；今天我在莱顿斯维格的小路上发现了第一批微绽的樱草花花蕾；湿润晴朗的天空中梦幻性似的飘浮着轻柔的四月云；那片广阔的、尚未播种的棕色田地晶莹闪烁，在温煦的空气中有所期待地向远处伸展，好似在渴求创造，让它那沉默的力量在成千上万个绿色的萌芽中、在繁茂的禾秆中得到检验、有所感受并得到繁衍。在这温润和煦、刚刚开始变暖的气候里，万物都在期待萌芽，充满了梦幻和希望。幼芽向着太阳，云彩向着田野，嫩草向着和风。

　　年复一年，我总是满怀焦躁和渴求的心情期待这个季节的来临，好似我必须解开万物苏生这一特殊瞬间的奇迹的谜，好似必须出现这样的情况，使我有一个钟点的时间得以极其清晰地目睹、理解、体会力量和美的启示，要看一看生命如何欢笑着跃出大地，年轻的生命如何向着光亮睁开它们的大眼睛。

　　年复一年，奇迹总是带着音响和香味从我身边经过，我爱着、祈求着这种奇迹——却始终没有理解；现在，奇迹已在眼前，但我却没有看见它是如何来临的，我看不到幼芽的外衣如何裂开，看不到第一道温柔的泉水如何在阳光下微微颤动。

突然间，到处是一片繁花似锦，树木上点缀着明晃晃的叶子，或者是一朵朵泡沫般的白花，鸟儿欢唱着在温暖的蓝天上划出一道美丽的弧形。虽然我不曾亲眼目睹奇迹是如何来临的，但是奇迹确实已经变成了现实。枝叶繁茂的树林形成了拱形，远处的山峰在发出召唤，到时候了，快快准备好靴子、行李袋、钓竿和船桨，去尽情享受新一年的春天吧，我觉得，每一个新的春天总比上一个更为美丽，但是也总比上一个消逝得更为迅速。——从前，我还是一个孩子时，那时的春天多么的漫长，简直是没有尽头！

　　一旦我有了数小时的闲暇，就会觉得满心的欢喜，我就会久久躺卧在湿润的草地上，或者爬到附近的树上，攀着树枝摇荡，一面闻着花苞的香气和新鲜的树脂味，一面观望着眼前盘绕交错所形成的蓝绿相间的枝叶网。我像一个梦游者，仿佛回到了自己的童年时代，正在极乐的花园里当一个安静的客人。但是要再度回到过去，呼吸早年青春时代的明净的清晨空气，或者能够看一看上帝是如何创造世界，即使是看一眼也好，就像我们在童年时期所曾看见过的那样——当时我们曾目睹某种奇迹是如何施展它美丽的魅力的——这一点目前来说，无疑很难做到，而且简直是太诱人了。

　　树林逐渐往上延伸，十分快乐而顽强地耸立在空气中，花园里，水仙花和风信子艳丽多彩；那时我们认识的人还很少，而我们遇见的人对我们都是又温柔又亲切，因为他们看见我们光滑的额头上还保留着上帝的神圣气息，对此我们自己却一无所知。后来我们匆匆忙忙的成长过程中，便逐渐不自觉地、无意识地丢失了这种气息。

　　我曾是一个十分顽皮而任性的顽童，从小就让父亲为我大伤脑筋，还让母亲为我担惊害怕，操心叹气！——尽管如此，我的额头也仍然闪烁着上帝的光辉，我所看到的一切都是美好生动的，而在我的思想和梦境中，即或并非以十分虔诚的形式出现，但天使、奇迹和童话却总像同胞兄妹般在其中来来去去。

　　从童年时代起，我就总是让自己的回顾同新开垦的田地的气息和树林里嫩绿的新芽联结在一起，让自己回到春天的故乡，让自己觉得有必要再回到那些时刻去，那些我已淡忘、并且不理解的时刻去。目前我又这么想着，而且还尽可能地试图把它们叙述清楚。

我们卧室的窗户都已关闭，我迷迷糊糊地躺在黑暗中，静听身边酣睡着的小弟节奏均匀的呼吸声，我很惊讶，因为尽管我闭着眼睛，眼中却不是一片漆黑，而是看见了各种色彩，先是紫色和暗红色的圆圈，它们持续不断地扩大，然后汇入黑暗之中，接着又从黑暗深处持续不断地重新往外涌出，而在每一个圆圈边缘都镶上了一道窄窄的黄边。我同时还倾听窗外的风声，从山那边吹来的懒洋洋的暖风，轻轻吹拂着高大的白杨树，树叶簌簌作响，屋顶也不时发出沉重的吱吱嘎嘎的呻吟声。我心里很难过，因为不允许孩子们夜里不睡觉，不允许他们夜里出去，甚至不允许待在窗前，而我想起的那个夜晚，母亲恰恰忘了关闭我们卧室的窗户。

那天晚上半夜时分我惊醒过来，悄悄地起了床，胆怯地走向窗户，我看见窗户外面罕见的明亮，完全不是像我原先所想象的那样，一片漆黑和黝黯。窗外的一切都显得朦朦胧胧，模糊不清，巨大的云块叹息着掠过天空，那些灰蒙蒙的山峦也似乎是惴惴不安，充满了恐惧，正竭尽努力以躲避一场逐渐逼近的灾难。白杨树正在沉睡，它看上去十分瘦弱，几乎就要死去或者消亡，只有庭园里的石凳、井边的水池以及那棵年轻的栗子树仍还是老样子，不过也略显疲惫和阴暗。

我坐在窗户前，眺望着窗外变得苍白的夜世界，自己也不知道过了多长时间；突然附近响起一只野兽的噪叫，是一种令人毛骨悚然的号哭声。那也许是一只狗，也许是一只羊，或者是一头牛犊，叫声使我完全清醒过来，并在黑暗中感到恐惧。恐惧攫住了我的心，我回到卧室，钻进被窝，心里思忖着，是不是应该哭一场。但是我还没有来得及哭泣，便已沉沉入睡了。

如今外界的一切大概仍然充满神秘地守候在关闭的窗户之外吧，

倘若再能够向外面眺望，那该是多么美丽而又可怕啊！我脑海里又浮现出那些黝黯的树木，那惨淡模糊的光线，那冷清清的庭园，那些和云朵一起奔驰的山峦、天空中那些苍白的光带，以及在苍茫的远处隐约可见的乡村道路。于是我想象着有一个贼，也许是一个杀人犯，披着一件巨大的黑斗篷正在那里潜行；或者有一个什么人由于害怕黑夜，由于野兽追逐而神经错乱地在那里东奔西跑。也许有一个和我年龄相仿的孩子在那里迷路了，或者是离家出走，或者是被人拐了，或者干脆就没有父母，而即使他非常勇敢，但也仍然会被即将到来的夜的鬼怪杀死，或者被狼群所攫走。也许他只是被森林里的强盗抓去而已，于是他自己也变成了强盗，他分得了一柄剑，或者是一把双响手枪、一顶大帽子和一双高筒马靴。

我只要从这里往外走出一步，无意识的一步，我就可以进入幻想王国，就可以亲眼看清这一切，亲手抓到这一切，所有目前仅只存在于我的记忆、思想和幻想中的一切。

但是我却没法入睡，因为就在这一瞬间，一道从我父母的卧室射出的淡红色的光芒，透过我房门上的钥匙孔向我照来，颤动的微弱的光线照亮了黑暗的房间，那闪烁着微光的衣橱门上也继而出现了一道齿形的黄色光点。我知道父亲正回房来睡觉。我还听见他穿着袜子在房间里来回走动的轻轻的脚步声，同时还听到他那低沉的说话声。他在和母亲说着什么。

"孩子们都睡了吧？"我听见他问。

"啊，早就睡了。"母亲回答说，我感到害羞，因为我还醒着。然后静默了片刻，可是灯光仍然亮着。我觉得这段时间特别长，渐渐地睡意爬上了我的眼睛，这时我母亲又开始说话了。

"你听说布洛西的情况了么？"

"我已经去探望过他，"父亲回答说，"黄昏时我去了一下，那孩子真是受尽了折磨。"

"情况很严重吗？"

"坏极了。你看着吧，春天来临时，他就要离开人世。死神已经爬到了他的脸上。"

"要不要让我们的孩子去看望看望他？也许会对他有些好处。"母亲问。

"随你的便吧，"父亲回答说，"不过我看也没有必要。这么点儿大的小孩懂得什么呢？"

"那么我们休息吧。"

"嗯，晚安。"

灯光熄灭了。空气也停止了颤动。地板上和衣橱门上又归于黑暗。可是我一闭上眼睛便重又看见许多镶着黄边的紫色和深红色圆圈在旋转翻滚，并且在越转越大。

双亲都已入睡，周围一片寂静，而我的心灵在这漆黑的深夜突然变得激动起来。父母所说的言语，我虽然似懂非懂，却像一枚果子落进水池而荡起的涟漪，于是那些圆圈急速而可怕地越转越大，我这不安的好奇心也为之颤动不已。

我父母亲谈到的那个布洛西，原来已经在我的视界内几乎完全消失，至多也只是一个淡薄的、几近消逝的记忆而已。我本来已忘记这个名字，苦苦思索后终于想起了他，慢慢地在脑海中浮现出他那生动的形象。最初我只是想起，过去有一度常常听到这个名字，自己也常常喊叫这个名字的。我好像记得，有一年秋天，曾经有一个人送给我一个大苹果，这时我才终于想起来了，这个人就是布洛西的父亲，猛然间，我便把一切都清楚地回忆起来了。

于是，我面前浮现出一个漂亮的孩子，他比我大一岁，个儿却比我矮小，他名叫布洛西。大概一年前他父亲成了我们的邻居，而布洛西也成了我们的伙伴，然而，我的追溯并非由此开始。他的形象又清楚地在我眼前重现：他经常戴一顶凸出两只奇怪尖角的手织的蓝色绒线帽，口袋里经常装着苹果或面包片，只要大家开始感到有点儿无聊时，他常常会想出新点子、新游戏和新建议。他即使在

世界散文精品集丛书

工作日也总穿一件背心，这使我十分羡慕。从前我猜想他力气不会很大，直到他有一次揍了村里铁匠家的儿子巴兹尔，因为巴兹尔竟敢嘲笑他母亲亲手织的那顶尖角帽，揍得狠极了，以致我很长一段时期看见他就害怕。他有一只驯养的乌鸦，秋天时由于喂了过量新收获的土豆而撑死了，我们为它举行了葬礼，棺材是一只盒子，因为盒子太小，总也盖不严。我致了一遍悼词，活像一个牧师，当布洛西听得哭泣出声时，我那小弟竟乐得哈哈大笑，布洛西便动手揍我的小弟，我当即又回揍了他。小弟吓得在旁边大声哭嚎，我们就这样不欢而散了。后来布洛西的母亲来到我们家，说布洛西对这事很后悔，希望我们明天下午去他家，准备了咖啡和点心，点心都已烘烤好了。喝咖啡时布洛西给我们讲了一个故事，讲到一半又开始从头讲起，这个故事我虽然已完全忘记，但想起当时的情景却常常忍俊不禁。

这仅仅是开始而已。我当即又想起了上千件我和伙伴布洛西在那个夏天和秋天里的共同经历，而这一切在他和我们中断来往的几个月中竟然几乎忘得干干净净。如今又从四面八方向我拥来，如同人们在冬天时抛出谷粒，鸟群云集而至一般。

我想起了那个阳光灿烂的秋天上午，木匠家的鹰从停车棚里逃走了。它那剪短的翅膀已经重新长出，终于挣脱锁住双脚的黄铜链子，飞离了黝黯狭窄的车棚。如今它悠闲自在地停在木匠家对面的苹果树枝上，共有十来个人站在大街上仰头望着它，一面议论纷纷地商量着对策。我们这群小孩子，包括布洛西和我，也都挤在人堆里，心里特别担心害怕，战战兢兢望着那只依然安坐在树枝上的大鸟，而这只鹰也威武凶悍地俯视着底下的人群。

"它不会飞回来了。"有一个说。可是雇工高特洛普说："倘若它能够高飞，早就飞过山峰和峡谷了。"那只鹰一面仍用爪子紧紧抓住树干，一面好几次扇动翅膀试图飞起来，我们都紧张得要命，我自己也不明白，我究竟更喜欢它被人们重新捉住呢，还是喜欢它远

世界散文精品集丛书

走高飞。最后，高特洛普搬来了一架梯子，木匠亲自登上梯子，伸手去抓他的鹰。那只鹰松开树枝，猛烈地鼓动双翼。这时我们这些小孩子的心咚咚咚地直跳，几乎都要窒息了。我们着魔似的瞪着那只美丽的、不断振动翅膀的老鹰。于是最精彩的时刻来临了，那只鹰猛烈扇动几下翅膀后，好似发现自己尚有飞翔能力，然后慢慢往上飞去，傲慢地在空中划了一个大圆形，便越飞越高直至小得好似一只云雀，无声无息地飞向闪烁的蓝天，终于在天际消失得无影无踪。人群早已走散，而我们的这些孩子仍旧呆呆地站在那里，伸着脖子搜索着天空，突然间，布洛西朝空中发出一声欢呼，向那鹰飞走的方向叫道："飞吧，飞吧，现在你又得到自由啦！"

我还必须提一下邻居家手推车棚里的事。每当天上下起倾盆大雨的时候，我们总蹲在那里避雨，两个人在半明半暗的车棚里挤在一起，谛听滂沱大雨的咆哮轰鸣，凝视着庭园里雨水形成的泉水、河流和湖泊，看着它们不断溢出，不断交叉，又不断变换着形状。有一回，当我们这么蹲着、倾听着的时候，布洛西开口说道："你瞧，快要闹水灾了，我们怎么办？整个村子都已遭到水淹，大水已经流进了森林。"于是我们便绞尽脑汁设法拯救自己，我们窥探着庭园四周，倾听着震耳的雨声以及较远处洪水和波浪激起的轰隆声。我建议用四根或者五根木头捆扎一只木筏，肯定可以负载我们两人。而布洛西却冲我叫道："哼，你的父亲母亲呢，我的父亲母亲呢，还有猫咪，还有你的小弟弟，怎么办呢？不带他们走么？"当然，我当时一时冲动和害怕，根本来不及考虑周全，于是我为自己辩解而撒谎道："是的，我这么想的，因为我考虑到他们都已经淹死。"布洛西听后露出了沉思和悲哀的神情，因为他真切地想象出那副景象了。过了一会儿他才说道："现在我们玩别的游戏吧！"

当时，他那只可怜的乌鸦还活着，到处欢蹦乱跳的，我们有一次把它带到我们家花园的小亭子里，放在横梁上，它在上面走来走去，就是没法下来。我向它伸出食指，开玩笑地说："喂，约可波，咬吧！"于是它便啄了我的指头。虽然啄得并不很痛，我却火了，想揍它一顿以示惩罚。布洛西却紧紧抱住我的身体不让我动，直至那乌鸦提心吊胆地走下横梁，逃到外面。"让我走，"我叫道，"它咬了我。"并且和布洛西扭打起来。

"你自己亲口对它说的：约可波，咬吧！"布洛西嚷嚷着，并向我说明，那鸟儿丝毫也没有错处。我有点怕他那教训人的口气，只好说"算了"，可是心里暗暗下定决心，另找机会再惩罚那只鸟儿。

事后，布洛西已经走出我家花园，半路上又折转身子，他叫住了我，一边往回走。我站着等他。他走到我身边说道："喂，行啦，你肯真心向我保证，以后不对约可波施加报复吗？"见我不予答复，态度僵硬，他便答应送我两只大苹果，我接受了这个条件，他这才回家去了。

不久，他家园子里的苹果树第一批果子成熟了，他遵守诺言送我两只最大最红的苹果。这时我又觉得不好意思，犹豫着不想拿，直到他说"收下吧，并不是因为约可波的事，我是诚心送你的，还送一个给你的小弟"，我这才接受下来。

有一段时期我们经常整日下午都在草地上跳跳蹦蹦，随后跑进树林里去，树下长满了柔软的苔藓。我们跑累了，便坐下休息。几只苍蝇围着一只蘑菇嗡嗡营营地飞舞不止，到处都有鸟儿的踪影，我们能认出其中的少数几种，大多数都说不上名儿来。我们还听见一只啄木鸟正在努力敲击树木，周围的一切都让我们感到又愉快又舒适，因而我们之间几乎不交谈，只是在看到什么特别有趣的东西时，才向另一个人指点着让对方也加以注意。我们坐在绿树成荫的拱形下的空地里，柔和的绿光从空隙间洒下，远处的树林消失在一片充满不祥之兆的褐色的苍茫之中。这一切和沙沙响的树叶及扑棱棱的鸟儿相映成趣，好似一个充满了魔力的童话世界，四周回荡着一片神秘莫测的陌生的音响，似乎蕴含着无数的意义。

有一次布洛西奔跑得太热了，便脱去上装，接着又脱下了西装背心，躺卧在苔藓地上休息。后来当他侧转身子时，衬衫翻落到脖颈后面，我看见他雪白的肩上有一道长长的红色疤痕，吓了一跳。我当即就想问清楚伤痕的来历。过去，我一向喜欢打听别人的倒霉事来取乐，但是不知道怎么搞的，这次我却不想打听，并且居然还装出一副什么也没有看见的样子。然而布洛西那个巨大的伤疤让我非常难过，当初那伤口一定很痛，一定流了很多血，我感到自己在这一瞬间对他的怜悯之情比过去任何时候都更加强烈，但就是不知道用什么话来表达。那天我们很晚才一起离开树林回家，后来一到家我就从自己的小房间里取出我那把最好的用一段很结实的接骨木树干做的手枪，这是我们家的雇工替我做的，我赶忙下楼把它送给布洛西。他起初以为我在开玩笑，后来又推辞不肯接受，甚至把双手藏在背后，我只好把手枪硬插到他衣袋里。

往事一幕接着一幕，统统都浮现在我眼前。我也想起了我们的小河对岸的枞树林里的情景。我有一度很愿意和小伙伴们到那里去玩，因为我们都很希望看见小鹿。我们踏进一大片广阔的空地，在那些笔直的参天大树间的光滑的褐色土地上行走，可是我们走了很远很远也没有看见任何小鹿的踪迹。我们只见那些露出泥外的大枞树的根边躺着许多巨大的岩石，而且几乎每块岩石上都有一些地方长着一片片、一簇簇的嫩绿苔藓，好像是一小块一小块的绿色颜料。我想把这些还没有巴掌大的苔藓揭下一块来，但是布洛西急忙阻止我说：“别，别动它们！”我问为什么，他解释说：“这是天使走过森林时留下的足迹，天使的足迹到过哪儿，哪儿的石头上便会立即长出苔藓来。”于是我们把找寻小鹿的事忘得干干净净，痴痴地期待着，也许会有一位天使恰巧来到跟前。我们呆呆地伫立着，注意观看着。整个森林死一般地寂静，褐色的土地上洒落着明晃晃的斑斑驳驳的阳光，我们朝树林深处望去，那些挺拔的树干好似一堵堵红色柱子排成的高墙；抬头仰望，在浓密的树冠上方，天空一片湛蓝。凉风习习，无声无息地吹拂着我们的身躯。我们两人都惴惴不安和紧张起来，因为四周太寂静了，连一个人影儿都没有。我们暗自想，也许天使很快就会来临，就又等候了一会儿，过后，我们便默默地迅速走过那许许多多的岩石和树干，走出了树林。当我们重又来到草地上，越过小河后，我们还回首眺望了半晌，然后就急急忙忙地跑回家去了。

后来，我还曾和布洛西吵过一架，不过很快便又和好了。不久就到了冬天，也就是说，布洛西开始卧病不起，而我也不知道要不要去看他。当然，我后来是去看过他一次或两次的，去的时候，他躺在床上，几乎一言不发，这使我觉得又恐惧又无聊，尽管他母亲送给我半只橘子吃。以后我就不曾再去看望他。我和自己的弟弟玩，和家里的雇工或者女仆玩，这样又过了很长一段时期。雪下了，又化了，又这么重复了一次；小河结冰了，又融化了，变为褐色和白色，发过一场大水，从上游冲下来一头淹死的母猪和一截木头；我们家孵出了一窝小鸡，其中死了三只；我的小弟弟生过一次病，又复原了；人们在仓库里打谷，在房间里纺纱，现在又在田野里播种；这一切布格西都没有在场。就这样，布洛西离我越来越远，最后完全消失了，被我完全忘却了。一直到目前，直到今天晚上，红光透过钥匙孔照进我的小屋，我听见爸爸对妈妈说："春天来时，他就要去了。"我这才想起了他。

在这无数错综交叉的回忆和思索中，我沉沉入睡了，也许在明天的生活中，这些刚刚记起的对于久已疏远的游伴的回忆又会消失泯灭吧，即或还有，那么也不可能再恢复到这样的清晰和美丽动人的程度了。可是就在吃早饭时，我母亲问我："你不记得从前常常和你一起玩耍的布洛西啦？"

我当即叫喊说："记得的。"于是她便用一贯的温柔口气告诉我："开春时，你们两人本来可以一起上学去。但是他病得很严重，怕是不能上学了。你不想去看看他吗？"

她说时很认真，我当即想起夜里听到的父亲说的话，我心里有

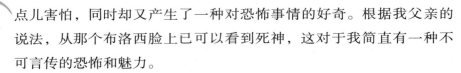

点儿害怕，同时却又产生了一种对恐怖事情的好奇。根据我父亲的说法，从那个布洛西脸上已可以看到死神，这对于我简直有一种不可言传的恐怖和魅力。

我连忙回答说："好的。"母亲又严厉地警告我："记住布洛西正患重病！目前你不能和他玩耍，也不准你打扰他。"

我应诺遵守母亲的种种教导，保证绝对安静小心，于是当天上午就去了他家。布洛西家静而又有点肃穆地坐落在两棵光秃秃的栗子树后面，我在屋子前站立片刻，倾听着走廊里的动静，几乎又想逃回家去。但是我终于控制住了自己，匆匆忙忙地跨过那三层红石块铺成的台阶，穿过一道敞开着的双扇门，一边走一边观望着四周，接着我轻轻地叩了叩里边的一扇门。布洛西的母亲是一个瘦小、灵巧而又和蔼可亲的妇女，她出来抱着我亲了一下，接着问道："你是来看布洛西的吧？"

一忽儿工夫，她就拉着我的手站在二层楼一扇白色的门前了。这一双正在把我导向幽暗神秘而又充满恐怖的奇异环境中去的手，在我看来，不是一双天使的手，就是一双魔鬼的手。我的心吓得猛跳不已，好似在向我报警。我犹豫不定，尽力向后退缩，布洛西的母亲几乎是硬把我拉进了房间里去的。房间很大，光线充足，又干净又舒适；我踌躇不安地、恐惧地站在门边，眼睛望着白得发亮的床铺，她正拉着我往那边走去。这时布洛西向我们转过脸来。

我细细瞧着他的脸，这脸膛儿狭长尖瘦，不过我没能看出那上面的死神，只见他脸上有一层柔和的光彩，在他的眼睛里有一些陌生的，既善良又顺从的神色，他的目光让我产生了类似那次在寂静的枞树林中伫立倾听时的心情，那时我怀着强烈的欲望屏息静气地期待着天使走过自己身旁。

布洛西点点头，一面向我伸出手来，那只手发烫、干燥、瘦骨嶙峋。他母亲轻轻抚摩着他，朝我点点头后便走出了房间。我独自一人站在他那张高高的小床边，凝望着他，好半晌两个人都不吱声。

"怎么样，又见到你啦？"布洛西终于打破了僵局。

我说："我很好，你还好么？"

他接着问："是你母亲让你来的吧？"

我点点头。

他似乎疲倦了，脑袋又落回到枕头上。我不知道该说什么话才好，只得一个劲儿啮咬着帽子上的穗儿，一面目不转睛地凝视着他，而他也回望着我，后来他朝我诙谐地微微一笑，便又闭上了眼睛。

他略略向旁边侧转身子，他转身时我忽然透过纽扣洞看见一丝红色的痕迹，这就是肩上那块大伤疤，我一看见它便忍不住大声啼哭起来。

"哎呀，你怎么啦？"他急忙问。

我无法回答，继续大哭着，一边用那顶粗呢帽子擦着脸颊，直擦得脸颊发痛。

"你说呀，为什么哭呢？"

"就因为你病得太重。"我回答道。其实这并不是真正的原因。事实上是那股强烈而又充满温情的怜悯的浪潮，也就是那曾一度袭击过我的浪潮又突然向我涌来的缘故，而我又没有其他办法加以发泄。

"其实并没有那么严重。"布洛西劝慰我。

"你很快会复原吗？"

"嗯，可能的。"

"究竟还要多长时间呢？"

"我不知道，总还要拖一段时间。"

过了一会儿我发现他已经睡着，就又待了片刻，然后便径直下楼回家去了。回到家后母亲居然没有盘问我，这使我非常高兴。她肯定发现我的神色有所改变，也断定我已经体会到了点儿什么东西，于是她一面用手抚摩着我的头发，一面点着头，却什么也没有说。

尽管发生了这种事儿，那一天我还是整日地任性放纵，胡作非为，不是和小弟弟吵架，就是去捉弄在厨房里干活的女仆，再不然就是在潮湿的草地上打滚，回到家里脏得像泥猴。总之，我肯定干了很多诸如此类的事。因为我至今仍记得清清楚楚，那天晚上母亲特别亲切而又严肃地看着我——也许母亲想让我在默默无言中专心回忆早晨的事情。我很理解她的心意，感到非常后悔。母亲察觉到了我的后悔心情，便做了一桩令我十分奇怪的事。她从窗台上端下一只陶器花盆递给我，装满泥土的花盆里种着一颗黑色的球状形的植物根，上面已经冒出两瓣尖尖的、淡绿色的、生气勃勃的嫩芽。这是一盆风信子。她边把花盆递给我，边说："小心点儿，从现在起它归你管了。以后会开出大红花的。花盆就放在那里，你得细心照料它，别让人碰坏了，也不要搬来搬去，每天必须浇两回水。倘若你忘记了，我会提醒你的。等到它开出了美丽的花朵，你就给布洛西送去，他会高兴的。你说好不好？"

母亲催我上床休息，我躺在床上还一直自豪地想着这盆花，似乎花朵盛开与否将是关系到我声誉的头等重要大事，可是就在第二天早晨我就忘了浇水，直到母亲提醒我。"布洛西的花怎么样啦？"她问道。以后很多日子里她也必须这样一次次提醒我。尽管如此，当时并没有任何东西像这盆花似的强烈地占据着我的心，给予我幸福的感觉。当时家里还养着其他许多花，有很多比它更大更美，不论在屋里还是在花园里，父母亲也常常指点我欣赏和照料。但是这盆花却破天荒地占据了我的心，我全神贯注地观察这一小生命的成长，精心照料着它，并充满了期望和忧虑。

最初几天这棵小花看上去萎靡不振，好像有什么地方受了伤，没能健康地成长。我先是为此担忧，后来就焦急不安起来，这时母亲对我说："你瞧，这盆花现在正和布洛西一样，病得很重。因此要加倍爱护和照料它。"

我理解了母亲的比喻，如今有一种全新的思想彻底占据了我的头脑。我感到这棵半死不活的小植物和我那病重的布洛西之间存在着一种神秘的关系，最后我甚至坚定地相信，只要风信子鲜花怒放，我那伙伴也就必然会恢复健康。倘若情况相反，那么我的朋友也必死无疑，因此我若稍有疏忽，也就要承担罪责。这种思想形成以后，我便像看守一个只有我才知道底细的、具有魔力的宝藏似的又担心又热情地看守着我的小花盆。

在我初次探病后三四天——那棵小植物看上去仍然是气息奄奄的样子——我又去了邻居家。布洛西仍然必须静卧，因而我什么话也没有说，我只是站在床边，瞧着病人仰天躺卧着的面容，布洛西躺在雪白的床单上显得温顺而安谧。他眼睛时睁时闭，身子则一动也不动，一个比较年长而聪明的人也许会看出小布洛西的灵魂已经很不安宁，很乐意考虑回天堂去了。正当我由于屋子里一片死寂而觉得恐怖时，布洛西的母亲进来了，她温和地拉起我的手蹑着脚走出房间。

我再次去看他的心情要开朗得多了，因为家里我那盆小花带着新的喜悦和生气萌出了尖尖的嫩芽。这回我的小病人也十分活泼。

"你还记得约可波活着时的情景吗?"他问我。

我们便回忆着那只乌鸦，讲到它的种种轶事，又模仿着它仅仅会说的三句短话，然后又热切地讲起了从前曾经在这里迷路的那只灰红相间的鹦鹉。我滔滔不绝地诉说着，没有发觉布洛西早已疲倦，因为我忘乎所以，一时竟完全忘记了布洛西的病。我讲述着那只迷路鹦鹉的事，它是我们家的传奇。故事最精彩之处是:一个老仆人看见那只美丽的鸟儿停在我们家仓房的屋顶上时，便立即搬来一张梯子打算抓住它。他爬上屋顶，正想小心翼翼地靠近它时，那只鹦鹉却开口说话了:"早安!"于是我们家的那位老仆人脱下帽子，回答道:"真对不起，我刚才几乎把你当成一只鸟了。"

我讲述着，心里想，布洛西一定会大笑出声的。但他并没有立即发笑，我十分惊讶地望着他。我见他非常文雅而又亲切地微微一笑，脸颊比方才略略红润些，可是他什么话也没有说，更没有笑出声来。

这时我突然觉得他似乎比自己年长许多岁。我的高兴劲儿一下子烟消云散了，代之而来的是迷惑和不安，因为我这才明白我们之间已产生了某种新东西，使我们互相间变得陌生、隔阂了。

一只大冬蝇在屋子里嗡嗡营营地飞舞不停，我询问，要不要逮住它。

"不要，让它飞吧！"布洛西说。

在我听来连这句话也像是大人的口吻。我非常拘束地离开了他们家。

归家途中，我生平第一次体会到早春的美，它好似蒙着薄纱，让人充满幻想。后来，数年之后，直到我童年时代结束时，我才重新有这种体会。

这是什么感情，又从何而来，我自己也不明白。我只记得，当时有一股微风迎面吹来，田陇的边缘高耸着湿润的褐色泥土，在一块块田地间闪着耀眼的光芒，空气中弥漫着一股燥热风的特殊气息。我还记得自己想哼唱几支歌曲，但又立即中断了这种欲望，因为不知道什么东西压迫着我，促使我保持沉默。

这次访问邻人的短短归途给我留下了非常深刻的印象。对于当时所感受到的种种细微的东西，我确实难以记清了：不过有时候只要我闭上眼睛回溯过去，便能够再度以儿童似的眼睛观看大自然——这点是上帝的赠与和创造，仿佛看到了在朦胧而炽热的幻境中的无与伦比的美，而这些我们成年人只能在艺术家和诗人的作品中见到。这条归途大概不到二百步，但是我所体会到的，我所经历到的，不论是天上的事还是地下的事，全都比我后来的许多次旅行中所体验的要丰富得多。

光秃秃的果树上，那些盘绕交错的树枝梢已萌出了褐红色的细柔的新芽和带有松香味的花蕾，和风以及一堆堆云块掠过果树上空，树下则是洋溢着春天气息的赤裸裸的大地。雨水溢出水沟流到路上，形成一条细长肮脏的小河，河上飘浮着枯黄的梨树叶和褐色的碎木片，这一片片枯叶和木片都像是一叶叶小舟，一忽儿向前急驶，一忽儿被堵住搁了浅，它们经历着喜悦、痛苦和种种变幻莫测的命运，而我的经历正是和它们一样。

一只乌黑的鸟儿猝然从我眼前飞过，在空中盘旋飞翔，它摇摇摆摆地扑打着翅膀，突然间发出一声长长的洪亮的颤音，接着猛地向高处冲去，闪烁着变成了一个小点，我的心也令人惊讶地跟随它飞向高处。

一辆空的运货车由一匹马拉着驶过我身边，我的目光跟随着隆隆作响的车辆，一直到它在附近的拐弯处消失为止。那车辆连同那匹强壮的烈马来自一个陌生的世界，又消失在陌生世界之中，它勾起我许多美丽的遐想，这些遐想又随它而去。

这是一个小小的回忆，或者说是两三个小小的回忆。但是谁能要求一个孩子在一个钟点或者更多一些时间内，把自己从石块、田地、鸟儿、空气、色彩以及阴影处获得的体会、激情和欢乐叙述得清清楚楚呢？况且后来我很快就把它们忘记得干干净净了；再说它们难道就没有影响我后来生活的命运和转变吗？

地平线上那一丝特别的色彩，屋里、花园里或者森林里那一种极细微的声音，一只蝴蝶的美丽外表或者不知何处飘来的香味，这些常常在瞬间引起我对早年的全部回忆。它们虽然模模糊糊，一些细枝末节也难以辨别，但却全都具有和当时同样媚人的香味，因而在我和那些石头、鸟类以及溪流之间有一种内在的联系，我热切地去探索它们的痕迹。

我那盆小花开始往上长，叶片越来越大，看上去十分苗壮。我内心的喜悦以及我对小伙伴必定痊愈的信心也与日俱增。有一天，在那些肥厚的叶片之间终于长出了圆圆的红色花蕾，花蕾日益见大，不几天就开出了一朵充满神秘的镶着白边的美丽的卷瓣红花。那天我高兴得不得了，把原来打算小心翼翼地、自豪地把花盆捧到邻居

家送给布洛西的事，也居然忘记得干干净净。

接着又是一个晴朗的星期天，黑黝黝的田地里已经冒出碧绿的嫩芽，天上的云朵都镶着金边，在潮湿的大街上、庭园里和广场上都映着一片片澄净柔和的蓝天。布洛西的小床移到了窗户边，窗台上鲜红的风信子花正朝着太阳，闪烁出耀眼的光芒。布洛西请我帮他略略坐直身子，让他斜倚在枕头上。他说的话比往常多些，温暖的阳光令人高兴地照在他蓬松的金发上，金发熠熠生辉，把他的耳朵也映得通红。我感到很欣慰，因为布洛西显然很快便可完全康复。他的母亲坐在我们旁边，等她觉得我们已经谈得差不多时，便送给我一只她冬天储藏的大黄梨，并打发我回家。我刚走下台阶就把梨子咬了一口，熟透的梨很软，像蜜一般甜，汁水顺着腮帮一直流到了手上。半路上我把吃剩下的梨核用力一扔，梨核从高空中落进了田地里。

第二天下了整整一天雨，我只能待在家里，大人允许我洗干净手后随意翻阅有插图的《圣经》，其中有许多我心爱的故事，而我最喜欢的是《天堂里的狮子》、《艾利沙的骆驼》和《摩西的孩子们在芦苇中》。但是第二天仍然没完没了地下着大雨，下得我火冒三丈。大半个上午我呆呆地瞪视着窗外飘泼大雨下的庭院和栗子树，接着就把自己所知道的玩具一样样依次玩了一遍，等到一切都玩过之后，天色已近黄昏，这时又和弟弟打了一架。还是老花样：我们先是闹着玩，后来小家伙骂了我一句脏话，我便揍了他，他就号叫着逃出房间，穿过走廊、厨房、楼梯和起居室，来到母亲身边，扑进她的怀里，母亲叹着气让我走开。后来父亲回家了，她便把打架的事一五一十地向父亲述说了，他惩罚了我，训斥一通后即刻打发我上床睡觉，我感到难以名状的不幸，泪汪汪的，却倒也很快就睡着了。

大概就在第二天的早上，我又到布洛西家去了，站在他的床前，他母亲总是把一根手指放在嘴前向我示意别出声。布洛西双目紧闭躺在床上，发出轻轻的呻吟声。我胆怯地望着他的脸，只见他脸色苍白，由于痛苦而歪扭着。他母亲拿起我的手放在他手里，布洛西张开眼睛，默默地凝视了我片刻。他的眼睛大大的，已经变了样，当他看着我时，那目光显得陌生而又冷淡，好似从很远处看过来，好似他根本不认识我，为看到我而吃惊，又好像正在思考某些更为重要得多的事情。我逗留片刻便踮起脚尖走出去了。

当天下午，他母亲在他的央求下，给他讲起故事来，他听着听着就昏昏沉沉地睡着了，一直睡到傍晚，这段时间里他那微弱的心跳动得越来越慢，终于完全停止了。

夜里我上床安睡时，我母亲已得知这个消息。而直到第二天早晨喝完牛奶后，她才把事情告诉我。那天我整日像梦游神似的到处转悠着，脑子里一直想着布洛西，他已经升入天堂，会不会也变成天使。我不知道他那肩上有着大伤疤的瘦瘠的身躯是否还躺在隔壁房子里，我丝毫也没有听说埋葬的事，也没有看到埋葬他。

很长一段时间内，我脑子里尽想着这件事，直至已故者的身形在我的记忆里逐渐遥远、逐渐消失。后来，春天突然早早降临了，黄色、绿色的鸟儿飞过山头，花园里散发出草木的香味，栗树正在慢慢地发芽、探出柔软卷曲的嫩叶。一道道水沟边，金黄色的花朵在肥壮的茎秆上展现着灿烂的笑容。

童年轶事

❖**作者简介：** 托马斯·曼（1875～1955），德国作家。代表作品有《布登勃洛克家族》、《魔山》等。1929年获诺贝尔文学奖。

🍃父 亲

　　中亚细亚的夏夜到处尘土飞扬；水渠旁的小道上，自行车车轮不断发出枯燥的沙沙声，渠岸上长满了榆树，在盛夏的骄阳酷晒之后，树梢正沐浴在恬静的晚霞中。

　　我坐在硬邦邦的车架上，紧紧地抓住车把，父亲还让我任意地按车铃儿，它上面有一个半圆形的镀镍铃盖和一个绷得紧紧的舌簧，一按下去，它还弹你的手指哩。自行车飞快地向前驶去，铃儿叮当直响，这使我觉得自己像大人一样，显得特别威风，尤其是我的父亲在背后踩着脚蹬子，皮坐垫咯吱吱直响，我感到了他身上的热气和膝盖的动作，——它们还常常碰着我那双穿着凉鞋的脚。

　　我们上哪儿去？是上附近的一家茶馆，这家茶馆就在康沃依街和萨马尔康德街的转角处，在渠岸上的一排桑树下。傍晚，水渠泛着淡红色的闪光，在泥抹的茅屋之间，凉爽、轻柔地哗哗流过。我们坐在茶馆里的一张小桌旁，桌上铺着黏糊糊的漆布，发出一股甜味儿。父亲要了一瓶啤酒，和快乐的茶馆老板说说笑笑，这个人满脸胡子，很殷勤，爱大声说话，脸晒得又粗又黑。他用抹布擦擦酒瓶，在我们面前摆上两个杯子（尽管我不喜欢喝啤酒），他还像对待大人似的对我使着眼色，末了，给我们端来一碟蘸盐油炸扁桃仁……我还记得那嚼起来又脆又香的酥桃仁的味道、那茶馆后面淡黄色的清澈的天空、晚霞笼罩着的高塔寺、尖尖的白杨树环抱着的平屋顶。

父亲是那样年轻、健壮，他穿着一件白衬衣，微笑着，瞧着我，在各方面我们都像是两个平等的男人，干完了一天的活，在这里领略着四周的静谧、傍晚时分清凉的水渠、城市里燃起的万家灯火、冰凉的啤酒和芳香扑鼻的扁桃树带来的欢乐……

还有一个黄昏非常清晰地留在我的记忆中。

他坐在一间小房里，背朝窗户，院子里一片暮色，寂静无声；纱窗帘微微飘动着；他身穿一件保护色上衣，我觉得很不习惯，他的眉毛上面还贴着一块黑膏药，显得很古怪。我现在记不起来了，为什么父亲好像一个久别归来的人那样坐在窗旁，为什么人世间有这样僻静的地方，我觉得，他似乎刚从战场上回来，受了伤，正和母亲在谈论着什么事（他们俩几乎是用旁人听不见的耳语在交谈），——于是，一种别离感和朦胧、甜蜜的危险感，沉寂的院子外面那一片广阔无垠的空间，不久以前父亲的英姿（过去，在某个地方他也曾表现得这样英武），这一切都使我对父亲产生一种特别的柔情和亲切感。当我一想到全家在这间酷似以前那铺着白床单的小卧室的房间里再次团聚时，我就感受到家庭的舒适和温暖，因而十分惊喜。

他和母亲谈了些什么——我不得而知。我只知道，当时有关战争的事，我连想都没想到过，可是，那寂静的庭院、夏日的黄昏、父亲贴在太阳穴上的膏药和他身上的军服、母亲沉思的面容，——这一切都在我童稚的心中留下深刻的印象，时至今日我还相信：是的，就在那个傍晚，父亲从战场上回来，受了伤，显得幸福而忧郁。不过，另一件事更令人惊异：多少年过去了，在胜利归来的某个时刻（在 1945 年），我也像父亲一样，坐在我父母亲的卧室里，靠在窗旁，正如童年时代一样，我又敏锐地体验到重逢时的那种感受，仿佛是往事的重演。也许，昔日的感觉正预兆着我会成为一个士兵，我走了父亲命中注定要走的道路，也就是说，我完成了他没能做完的事？在孩提时代，我们都虚荣心十足地夸大自己父辈的本事，想象着他们是盖世无双的勇士，可是，当时他们只不过是个普通的凡人，也必须为日常生活而操心。

至今我还记得那一天，我看见父亲和我过去所见到的完全不同（我那时12岁），——而这种感觉一直停留在我的心里，真是极大的罪过。

那是春天，白天很长，阳光灿烂，我和中学同学在大门边推撞着玩（在五月天干燥的人行道上做游戏）。我浑身是汗，特别高兴，突然间，在离家不远的地方，看见一个熟悉的、个头不高的身影。胡同里洒满了阳光，在暖和的栅栏外面，白杨树泛出一片嫩绿，春意盎然，而特别显眼的是：他看起来是那样矮小，短上衣是那样难看，裤子又窄又小，怪里怪气地吊在他的脚踝子上面，一双老式的破靴子显得特别大，戴有别针的新领带像是穷人身上多余的装饰品。这难道是我的父亲吗？本来，他的脸总显得那么善良，充满信心和力量，英姿勃勃，而不是这样冷漠疲惫，早先他的脸上从来就没有皱纹，也不显得苍老，更不是像现在这样无精打采、萎靡不振。

这一切都被春天的阳光暴露得如此明显，父亲身上的一切突然显得如此灰暗、平庸和可怜，这使得他和我在我的同学面前感到十分屈辱，他们勉强忍住嘲笑，无礼地、默默地看着这双又大又破、显得很滑稽的靴子和那条特别刺眼的细管儿似的裤子。他们眼看就要取笑他，嘲弄他那怪模怪样的步态、他那微微弯曲的瘦腿，我满脸通红，又羞又恼，几乎要哭出来，马上就要大吼一声去保护他，去为他那副令人不快的滑稽相辩解，去同他们进行激烈的殴斗，用拳头去取得神圣的尊严。

可是，我不知怎么了，为什么我没有去和自己的同学搏斗——是害怕失去他们的友谊呢，还是不愿自己在这种维护尊严的殴斗中显得十分可笑？

那时，我并没有想到自己也将会有这样的时刻，即在某一个我所没有想到的春日，我也会显得如此可怜又可笑，我也会是一个怪模怪样的父亲，而我的孩子们也会羞于去保护我。

❖**作者简介**：弗兰兹·卡夫卡（1883～1924），奥地利著名小说家。主要作品有长篇小说《美国》、《审判》和《城堡》，短篇小说《判决》、《变形记》等。

乡村大道上的孩子们

　　我听见马车隆隆地驶过花园篱笆，有时我甚至看到它们穿过那些轻柔摆动着的簇叶缝隙。炎热的夏日，木制的轮辐和车辕叽叽嘎嘎地叫得分外响，从地里干活归来的人们扬起的阵阵笑声，使得马车的叽嘎声听起来越发叫人心烦。

　　我坐在我的小秋千上，在我爹妈的花园里的林间休息。

　　在篱笆的另一边，来往的行人车辆络绎不绝。孩子们奔跑着的脚丫飞快地一闪而过；收割马车满载着高高的庄稼捆垛，男人和女人们坐在上面以及四周，马车驶过时，轧坏了花坛；近黄昏，我看见一位绅士拿着手杖在慢慢散步，有两个少女迎面与他相遇，她俩向他致意，臂挽着臂，退进了路旁的草地。

　　这时，鸟儿像阵雨般地漫天飞起，我用目光追逐着它们，看它们一口气飞起多高，直到我觉得并非它们向上高飞，而是我在降落，于是纯粹出于怯弱，我紧紧抓住秋千绳索，开始轻轻悠荡。不久我便更加用力地悠荡起来，此时微风拂来，颇觉凉意。鸟儿归巢，颤抖的繁星出现了。

　　我在烛光旁吃着晚餐。当我吃着黄油面包，双臂常常搁放在桌上，我已经很疲乏了。暖风将粗糙的网眼窗帘吹得鼓胀起来，有许多次，窗外某个过路人会用双手把它们扯住，好像他想更好地看到我，跟我说话。通常，蜡烛立刻给吹熄了，在煤黑色的烛烟中，蚊子聚集着，长久地绕圈飞舞。如果有谁从窗口问我一个问题，我便会目不转睛地望着他，仿佛凝视一座远山或者一片空地，而他也并不特别在意自己是否得到了回答。但如果有人翻过窗台来，说别人已经在等候我了，我便发出一声叹息，站起身来。

"你为什么叹气？出了什么岔子？发生了什么难以挽回的祸事？我们再也无法补救了吗？一切都完了吗？"

一切都是好好的。我们跑到了房子前面。"谢天谢地，你总算来了！"——"你总是迟到！"——"为什么仅仅是我？"——"尤其是你，如果你不想来，你为什么不待在家里？"——"不能原谅！"——"不能原谅了这是怎么说的呢？"

我们一头扎进暮色里。不分什么昼与夜。我们背心的纽扣仿佛牙齿一样在上下撞击，毕剥作响。我们奔跑的时候，彼此间还要保持固定不变的距离。我们像热带的野兽一样吐着热气，又像古战场上身穿甲胄的骑兵那样踏着脚，高高地跳跃起来，我们沿着短短的小巷彼此追逐，凭借两只脚的冲力，一直奔跑上了大道。离群的几个人跌进了那条壕沟，他们刚一消失在阴暗的陡坡，就像个新来的人一样站到了高处的田野小径上向下观望。

"下来嘛！"——"先上来吧！"——"这样，你们就能够把我们推下来，不了，谢谢你，我们可不那么傻。"——"你们害怕了，你的意思是说。上来吧，你们这些胆小鬼！"——"害怕？害怕像你们这样的人？你们打算把我们推下去，是吗？那倒是个好主意。"

我们打定主意让人推下去，倒栽葱地跌进路旁壕沟的草丛里，尽情地翻着筋斗。一切对于我们，都是暖烘烘的，在草丛中，我们既感觉不到燥热，也感觉不到凉爽，只是感到疲乏。

向右侧翻过身，一只手枕在耳朵下面，人很快便会躺在那里睡着了。但是，他想要抬起下巴再爬起身来，却滚进了一个更深的壕沟。于是，他横伸出一只胳臂，向斜侧蹬动着双腿，想再一跃而起，却肯定会跌入一个更深的壕沟。而这个人绝不想就此罢休。

难道不可以将四肢摊开，特别是把膝盖伸平，在最后这个壕沟里好好睡它一觉，这个问题简直想都没想过，他就像个病人似的仰面躺着，有点儿想哭。时而有个小伙子两肘紧贴双胁，从陡坡向大路上纵身一跃，那黑糊糊的脚底从他头顶上掠过，他便眨一下眼睛。

月亮已经开始升上天空了，月光下面有一辆邮车嘚嘚地驶过。微风开始四处吹拂，甚至在这条壕沟里，人都会感觉得到，附近的树林开始沙沙作响。这时，人也不再希望一个人待着了。

"你们在哪儿呢?"——"上这儿来吧!"——"大家一起来!"——"你为什么要躲藏起来，别胡闹了!"——"你不知道邮车已经过去了吗?"——"不知道，已经过去了吗?"——"当然，你睡着的时候，它就过去了。"——"我并没睡着。你怎么这么想!"——"哦，别说了，你现在还迷迷糊糊呢。"——"我可没有睡着。"——"跟我来吧，快点!"

我们紧紧靠拢在一起，向前奔跑着，许多人手挽着手，因为现在是下坡路，人的头无法高昂起来，有人高声呐喊起印第安人的作战口号，我们的双腿以过去从未有过的速度狂奔，我们跳跃时，风儿托着我们的屁股。什么也不能阻止我们;我们开足马力，大步飞跑，以致我们追上了别人，甚至还能够抱着双臂，闲适地打量我们的周围。

我们终于在横跨小溪的桥边停住了脚步;那些跑过桥的人又跑了回来。底下的流水哗哗地拍打着溪石和树根，仿佛还不是暮色已深的时分。我们中间谁都没有理由不该跳到桥栏杆上去。

自远处丛林后面，有一列火车驶过，所有的车厢都亮着灯，窗玻璃当然都放了下来。我们中间一个人开始唱起轮唱曲，可我们大家全都想唱。我们唱得比列车行进还要快，因为我们的声音不够响亮，我们便挥动起手臂，我们的歌声相互冲撞地拥挤在一起，有如雪崩的轰鸣，这对我们是很有益的。一个人加入大家一起唱时，就像受到鱼钩的引诱一样。

我们就这样唱着，身后就是丛林，唱给远处的旅客们听。林里大人们还没有睡，母亲们为夜晚的来临整理着床铺。

我们的时间到了。我亲了亲身旁的一个人，把双手伸给最近的三个人，开始跑回家去，没有人喊我回来。在他们再也看不到我的第一个十字路口，我拐向旁边，沿着田间小径又跑进了丛林。我正向南边那座城市走去，我们村里有人这样讲起过：

"你在那里会发现一些怪人！想想吧，他们从来不睡觉！"

"为什么不睡觉呢？"

"因为他们从来不疲倦。"

"为什么不疲倦呢？"

"因为他们是傻子。"

"傻子就不疲倦吗？"

"傻子怎么能疲倦呢！"

世界散文精品集丛书

❖**作者简介：**米吉安尼（1911～1938），阿尔巴尼亚诗人、作家。主要作品 有《自由的诗》、《贫困之歌》等。

樱 桃

　　樱桃成熟了，通红通红的，像年轻的山区女人的血液。而在山 区女人的心房下面，爱情的果实也成熟了。山区女人坐在自己茅屋 的门槛上，在她苍白的面孔上有着鲜红的嘴唇，就像枝上的樱桃 一样。

　　樱桃长得多好啊！累累的果实把树枝都坠得垂下来了，随时都 有折断的危险。山区女人心房下的重荷使她感到很难受，她无力站 起来去折樱桃枝……

　　樱桃树和山区女人都因自己的果实变得沉重了，大自然对她们 满意地微笑。

　　但是谁看见了大自然的微笑呢？山区女人想尝尝鲜红的果实以 解除饥饿，因为她早就没有玉米了。剩下的一点玉米是做种子用的。 明天就要把它们撒到地里，等待新的收成。

　　唉，能吃点樱桃也好！这个有如生气蓬勃的春天的山区女人， 这个有着像天空一样蔚蓝色的眼睛，有着像樱桃一样鲜红的嘴唇的 山区女人，在忍受着痛苦……她在忍受着饥饿的痛苦。她的眼光是 困倦而忧郁的。整个世界都使她感到憎厌，但她并不憎厌生活。在 没有粮食吃的贫困中，生活在她看来仍然是可爱的。生活本身带来 了欢乐和微笑。还有一种欢乐，即夜晚的欢乐，征服了这个山区女人。夜间来到了，丈夫在床铺上抚爱她，她忘记了白天的痛苦，醉人的欢乐解除了饥饿。夜晚的欢乐在她身上产生了果实，变成了沉重的、但却是幸福的重荷，重荷紧连着她的心。她看着樱桃，但是没法把它摘下来，樱桃挂得太高了。去年她是自己摘樱桃的，她毫不费力地爬到树上，而当看见丈夫的时候，就跳到地上，因为她衣服穿得不整齐。

山区女人在沉思，由于弄不到樱桃而发愁。但当她想到弄不到樱桃是由于身怀重荷；而身怀重荷的原因又是由于夜晚的欢乐，她的烦恼就消失了，代之以愉快的感觉。唉，夜晚，夜晚！可爱的黑暗的夜晚。年轻的山区女人这样想着，她的思想是单纯的，就像她青年时代的愿望一样单纯而自然。

面色忧闷的老婆婆站在茅屋的门槛上，眯缝着眼睛，春天的光亮使她睁不开眼。年轻的女人想说摘樱桃的事，但是她感到害羞。她站起来，慢慢地，有如风平浪静的天气里的小帆船，向樱桃树走去，拿着一根长杆子，想把樱桃树枝打断。但是她未能成功。她浑身出冷汗，抛掉杆子，坐在樱桃树下的地上了。站在门槛上的婆婆没有看到她的这番努力，她解开脏得像冬天的天空似的衬衣的纽扣，在那儿数钱，也许，在做别的什么事情。钱！……哪里来的钱呢？因此，一定是在做别的什么事情。媳妇眼看着，心想将来她也会变得像这位老太婆或列支·麦塔的。列支·麦塔过去就像一棵苗壮的橡树，而现在老了。他经常来，用淫荡的眼光看着她，说些猥亵的话。而丈夫、婆婆却在一旁笑。难道在他晚年的时候这些话对他能有所慰藉吗？

山区女人叹口长气，腹内一阵剧烈的疼痛。"如果是个女孩还不错……上帝保佑！……而如果是个男孩呢，也没有什么……等他长大了，挣一袋钱，替自己买个老婆。"

"妈妈!"

"干什么，孩子?"

"我丈夫快回来了吗？"

"他到哪儿去了？"

媳妇的眼光没离开樱桃树，饥饿在折磨着她。由于饿，她最后的一点气力也失去了。

"妈妈！你能不能替我摘点樱桃，非常想吃东西。"

"我不能够，孩子，等你丈夫回来吧。"

媳妇感到自己的心在收缩。她发出了呻吟声。身体内有什么东西在颤动。憎恨，无对象的、无情的憎恨涌上心头，扼住了她的喉咙，紧压住她的心，总也不肯松开……只有当她苍白的面孔上泪如雨下的时候，憎恨心才缓和下来。

一个饥饿的、不幸的、怀孕的妇女，她能不能把孩子生下来？她的孩子能不能成为大自然的爱子？

在贫穷中受孕和生下来的孩子是注定要过穷日子的。他获得的遗产是苦难和贫穷，随着苦难和贫穷而产生的便是憎恨心。

他带着憎恨心出生。憎恨可以使他成为强盗或盗贼。而强盗就是强盗！他的命运就是抢劫和燃烧建筑在国家法律基础上的房屋。而为此他将要遭到怎样的惩罚呢？

"要我的命吧！你再也不会从我身上逼出什么东西来的！"被关在燃烧着的火圈内的强盗喊道。

山区女人坐在地上呻吟。老婆婆慢慢地向她走去。在母亲的痛苦的号泣声里很快就加入了婴儿的哭泣声。他向世界宣称他的出现，在宇宙的这个不受注意的角落里，他向人类宣告自己的到来。人们向年轻的母亲祝贺说："他会讨一碗饱饭！"先生们，你们喜欢不喜欢这个祝贺？如果你们新生下孩子时碰到这样的祝贺，你们该怎样呢？

春天的大自然在欢笑，因为鲜红的樱桃成熟了，穷人的孩子出生了。

世界散文精品集丛书

❖**作者简介：**亨利·范·戴可（1852～1933），美国散文家。主要作品有散文集《小溪》等。

一撮黏土

从前，在一条河边有这么一撮黏土。说来也不过是很普通的黏土，质地粗浊；但它对自己的价值却抱有很高的看法，对它在世界上所可能占有的地位具有奇妙的梦想，认为一旦时运到来，自己的美德终将为人发现。

头顶上，在明媚的春光里，树木正在交头接耳地窃窃私语，讲述着当纤细的林花和树叶开始吐放，林中一片澄澈艳丽时它们身上所沾沐的无尽光辉，那情景，宛如无数红绿宝石粉末所形成的朵朵彩云，轻柔地悬浮在大地之上。

花儿看到这种美景惊喜极了，它们在春风的爱抚中探头欠身互相祝贺：“姐妹们，你们出落得多可爱啊，你们真是给白日增辉。”

河水也因为增添了力量而感到高兴，它沉浸在水流重聚的欢乐之中，不断以美好的音调向河岸喃喃絮语，叙述着自己是怎么挣脱冰雪的束缚，怎么从积雪覆盖的群山奔腾跑到这里，以及它匆忙前往担负的重大工作——无数水车的轮子等待着它去推动，巨大的船只等待着它去送往海上。

黏土懵懵懂懂地待在河床，不断用种种远大理想来安慰自己。“我的时运终将到来，”它说，“我是不会长久被埋没的。世间的种种光彩、荣耀，在适当的时候，终会降临到我的头上。”

一天，黏土发现它自己挪了位置，不在原来长期苦守的地方了。一铲下去，它被挖了起来，然后和别的泥土一起装到一辆车上，沿着一条似乎很不平坦的碎石块路，运到遥远的地方去了。但它并不害怕，也不气馁，而只是心里在想："这完全是必要的。通往光荣的道路总是艰难崎岖的。现在我就要到世界上去完成我的重大使命。"

　　这段路程非常辛苦，但比起后来所经受的种种折磨痛苦却又算不得什么。黏土被抛进一个槽子里面，然后便是一番掺和、捶打、搅拌、践踏。真是不堪其苦。但是一想到美好崇高的事物必将从一番痛苦中产生出来，也就感到释然了。黏土坚决相信，只要能耐心地等待下去，总有一天它将得到重酬。

　　接着它被放到一只飞速转动着的旋盘上去，而自己也跟着团团旋转起来，那感觉真好像自己即将被甩得粉身碎骨。在旋转中，仿佛有一种神力把它紧紧抟捏在一起，所以尽管它经历一切眩晕痛苦，它觉着自己已经开始变成一种新的形状。

　　然后一只陌生的手把它投进炉灶，周围烈火熊熊——真是痛心刺骨——那炽热程度远比盛夏时节河边的炎阳要厉害得多。但整个期间，黏土始终十分坚强，经受了一切考验，对自己的伟大前途信心不坠。它心想，"既然人家对我下了这么大的功夫，我是注定要有一番锦绣前程的。看来我不是去充当庙堂殿宇里的华美装饰，便是成为帝王几案上的名贵花瓶。"

　　最后烘焙完毕，黏土从灶中取出，放在一块木板上面，让他在蓝天之下凉风之中去慢慢冷却。一番磨难既过，报偿的日子也就不会远了。

　　木板之旁便有一泓潭水，水虽不深，也不很清，但却波纹平静，能把潭边事物公正如实地反映出来。当黏土被人从板上拿起来时，它这才第一次窥见了自己新的形状，而这便是它千辛万苦之后的报偿，它的全部心愿的结果———一只普普通通的花盆，线条粗硬，又红又丑。这时它才感觉到自己既不可能登帝王之家，也不可能入艺术之宫，因为自己的外貌一点也不高雅华贵；于是它对自己那位无名的制造者喃喃抱怨起来，"你为什么把我造成这等模样？"

自此一连数日它悒郁不快。接着它给装上了土，另外还有一件东西——是什么它弄不清，但灰黄粗糙，样子难看——也给插到泥土中间，然后用东西盖上。这个新的屈辱引起了黏土的极大不满。"我的不幸现在是到了极点，让人装起脏土垃圾来了。我这一生算是完了。"

但是过了不久，黏土又给人放进了一间温室，这里阳光和煦地照着它，而且经常给它喷水，这样就在它一天天静静等待的时候，某种变化终于开始到来。某种东西正在它体内萌动——莫非是希望重生；但它对此仍然毫不理解，也不懂得这个希望会是什么。

一天黏土又给人从原地搬起，送进一座宏伟的教堂。它多年的梦想这回终于实现了。它在这世上的确是有所作为的。这时空际仙乐阵阵，四周百花飘香。但它对这一切仍不理解。于是它便向身旁和它一模一样的另一黏土器皿悄声问道，"为什么他们把我放在这里？为什么所有的人都向我们张望？"那器皿答道，"怎么你还不知道吗？你现在身上正怀着一颗状如王节的美丽百合。它那花瓣皎白如雪，它那花心有如纯金。人们的目光都集注到了这里，因为这株花乃是世界上最了不起的。而花的根就在你的心里。"

这时黏土心满意足了，它暗暗地在感谢它的制造者，因为虽然自己只是一只泥土器皿，但里面装的却是一件稀世珍奇。

世界散文精品集丛书

❖**作者简介：**亨利·路易斯·门肯（1880~1956），美国作家和评论家。主要作品有《美国语言》等。

女性的智慧

男人的女眷们不管表面上对男人的优点和权威怎么尊重，私底下却总把他视为蠢材，而且还觉得他有点可怜的。男人的言行纵然显得很漂亮，也难以骗得过她们，因为她们了解他真正的底细，知道他肤浅又可怜，或许个中自有什么地方足以说明女人自有女人的聪颖，或如常言所说，具有女性的直觉。这所谓的直觉就表现在：对实际情况具有敏锐精确的洞察力，从来不为感情所动，始终能够把现象与本质区分得泾渭分明。在一般人的家庭圈子里，这里所谓的现象是位英雄、权贵、半个神人，而所谓的本质则是个可怜的江湖骗子。

的确，做妻子的兴许会羡慕丈夫的某些使她比较平心静气的特权和情感。丈夫享有做男人的行动自由和选择职业的自由；他莫名其妙地洋洋自得；他像农民一样有些小小的不良嗜好；他有本事把真情的生硬面孔藏起来，装出一副风流多情的样子；平常里他像孩子一般天真无邪。这一切做妻子的也会羡慕，但是她从不羡慕丈夫那内里空虚、荒唐可笑的心灵。

女人就是这样，能够机敏地感觉到男人在装模作样，说大话，夸海口，心里真切地明白男人永远是可悲而又可笑的角色，可是她们表面上流露出来的却是一番嘲弄式的怜爱，世人称此为"母性"。女人之所以要像做母亲那样地对待男人，只是因为她们看得透彻，知道男人窝囊，需要周围的人对他们和蔼可亲，同时又自欺欺人得十分可爱。女人这种嘲弄态度不仅在现实生活中随时可见，就是在女作家的作品里也是贯穿始终的基调。女小说家大凡手法高明值得认真一读的，从不以认真的笔调刻画男主人公。从简·奥斯丁到塞尔玛·拉格洛夫，没有一个不在塑造人物时抱一种傲慢冷漠的态度，注入一丝疏于掩饰的调侃口吻。我想不起来女人笔下的男性角色有哪一个骨子里不是蠢材的。

人类已经进入老迈成熟的阶段，竟然还要论证妇女也具有得心应手的聪明才智。毫无疑问，这有力地证明做丈夫的眼力很成问题，成见深得已不可药，智力又普遍低下。其次，女人不仅聪明，而且还几乎独占了某些比较含蓄、实用的聪明才智。说实在，把这种聪明才智本身说成是女人特有的气质也未尝不可，因为其中不止一处流露出显著的女性特征，就像狠毒、自虐或喜好红妆粉黛也显然属于女性的特征一样。男人身心刚强，打架拼杀了无惧色。他们浪漫多情，钟爱自认为善与美的东西；崇尚信义，生性乐观，乐善好施；懂得苦干又能持久的诀窍；待人和蔼宽厚。不过，说到男人具备最基本的聪明才智，说到他们似乎还能够透过妄想和幻觉的外壳发现并展示永恒真理的内核——至少从这方面说，他们还十分娇嫩，仍然还乳臭未干。男人的根本特点和品性、也就是说那些还没有堕落的男人的特征，在傻瓜身上也能找到。史前野人肌肉发达，臭气满身。如果没有女人管着，替他操心，他就一副十足的可怜相：一个长了胡子的娃娃，一只身大如牛的兔子，简直是对上帝的荒唐拙劣的丑化。

当然，我这里并非说阳刚之气对生化反应复合物造就卓越才能的过程毫无作用。我只是说，这种复合物离开了女性的柔弱就不可能形成，它是两种成分交互作用的产物。在天才女性身上可以看到相反的情形。他们一般都有点男子气，不仅锋芒毕露，而且也刮刮脸什么的。比如：乔治·桑、叶卡捷琳娜大帝、英国的伊丽莎白女王、罗莎·博纳尔、特雷莎·卡里诺、科西玛·科西玛·瓦格纳等人就是如此。无论男性还是女性，不蕴涵一点异性的特征，就不可能取得登峰造极的成就。男人身上要是没有一点女人的气质做弥补，便会过分愚钝，过分的天真烂漫，太容易被想象哄得昏昏入睡，成不了大器，最多只能当个骑兵、神学家或是公司的经理之类的人物。而女人是没有一点男人那奇妙的天真劲儿，便会过分的现实，不容想象力海阔天空任由驰骋，而所谓天才，它的核心就是想象力。男子汉气概十足的男人缺乏机智，无法如实表达自己心底里的远大梦想，而彻头彻尾的女人则往往把人生看得太穿，压根儿就没有梦想。

男人自视甚高，总以为女人天资不足，学不了男人那一大堆小聪明，那一套没有用的学问和枯燥乏味的陈词滥调。而一般男人用心思主要靠的就是这些，丈夫认为自己比妻子聪明，不是因为自己能把一系列数字加得准确无误，就是因为自己分得清政敌之间主张的异同，再不然就是因为自己摸着了某种肮脏下流的买卖或行当的底细。当然，这种才能无聊得很，实在算不上才智的标志，实际上不过是一套小花招、小噱头而已。掌握这套东西跟猩猩学接铜板儿、划火柴差不多，并不怎么费心劳神。

男人里面的一般商人甚至专业人才的脑袋里装的那套过时的思想全都幼稚得出奇。世间日常的沿街叫卖，讨价还价或是按照一般常规开点蹩脚的药，胡乱办个案，同驾驶出租车、煎一盘鱼没什么两样，都不需要真正的精明。说实在，明眼人同一般的商人和专业人才——我只说那些成功发迹的人，且不说那些明显失意潦倒的人——接触多了，谁都会纳闷这些人怎么呆头呆脑的，老实天真得不可救药，而且还不通常情，实在让人吃惊。已故的弗朗西斯·查尔斯·亚当斯的祖父和曾祖父都曾是美国总统，他本人一辈子与美国几位"天才"实业家过从甚密，晚年时曾透露说他从未听到其中任何一位说过什么值得一听的话。按说这些人都是生气勃勃，颇有男子汉气概的，在男人的世界里也是功成名就的人，可是论智力一个个都是不中用的酒囊饭袋。

世界散文精品集丛书

的确，有相当的根据可以说，这种禀性的男人要是真的聪明，就绝不会在粗俗平庸的小事上获得成功；而他们善于掌握并记住作看家本领的那套胡言乱语，则恰恰证明他们的智力低下。这种说法不消说是有根据的。世人公认的一流人才往往对所谓的实际问题束手无策。要是让亚里士多德用 3.472701 乘以 99999，很难想象他会不出错，也难以想象他能记住这条或那条铁路两年内运量比例的变化幅度、一百磅三寸大钉的数目或是猪油从加尔维斯顿运到鹿特丹的运费。同样也无法想象他会精通桥牌、高尔夫球或别的什么愚蠢的玩意儿，即那些所谓事业成功的男人才借以消遣娱乐的玩意儿。哈夫洛克·埃利斯对英国的天才作了了不起的研究，发现一流的男人几乎没有一位精于此等雕虫小技。他们不善系领带，理财记账他们大伤脑筋，对党派政治一窍不通。总之，他们恰恰就是在一般男人最能充分发挥自己的活动领域里寸步难行，无能为力，很容易被实际智力像猩猩一样远在他们之下的人所超过。

这种心不灵手不巧，不会小手艺小诀窍的情况，理发师见了一定会说笨，生意兴隆的男服店老板准会说傻透了。其实，这种特点是一流男人同一、二流甚至三流女人共有的特点。做事要心灵或者手巧，在有些职业里显得很突出，比如在钢琴调音，当律师或是给报纸写社论等，尽管这些职业绝大部分都是妇女在体格上完全力所能及的，其中妇女因为有极其巨大的社会障碍而不能从事的职业也并不多，可是妇女在这些职业上成功的事例却难得听说。她们当律师、编辑或厂长、搞批发、开旅馆毫无建树的原因不在外部。社会上种种禁忌的阻碍作用并不大。敢想敢干、不顾禁忌，闯入禁区而安然无恙的女人大有人在。一旦闯了进去，就不会再有什么特别的障碍。可是，众所周知，真正从事这些行当和职业的妇女为数很少，其中与男人竞争的过程中成名成家的更为数寥寥。

个中原因，我已说过，不在外部，而在内部，在于她们也意识到天外有天，因而心思不定；她们也嫌小事微不足道，俗不可耐，但是又不善机械呆板的例行公事和空洞无聊的技艺。这种情况也存在于层次较高的男人中间。大多数男人办事因袭常规，可以熟练到有意无意的程度，并且因而得意自夸。而女人即便从事按基督教国家习俗规定属于她们的事情，也难得见到有这样熟练，常听人们说，真会做饭的家庭主妇，自己会做衣服而活儿做得粗看起来看不出是她自己做的家庭主妇，善于给孩子讲解品行、学问和个人卫生原理的家庭主妇实属凤毛麟角，要是遇着个别，人们敬重的却往往不是她的大才大智。

美国的情形尤其这样。在美国，妇女的地位比别的文明国家或半文明国家都要高，认为妇女智力不如男人的旧观念遭到非常有力的否定。美国资产阶级家庭的餐桌突出证明美国家庭主妇的手艺有缺陷。应邀赴宴的宾客，但凡珍爱自己脾胃的都尽量避免受这份洋罪，实在躲不过时，就当自己遇着一个有手颤毛病的人给自己刮胡子一样，无可奈何地忍着点。世界上只有美国的妇女最有增进智力的闲暇和自由，智力水平最高。但是，家里饭菜最差的在美国，治理全部家政最欠妥当的美国，请外人、而且是男人代劳、做按理说自己能够承担的事情最多的也在美国。难怪这个妇女获解放受尊崇的国家竟然是汤料罐头、豆炖猪肉罐头、套餐罐头以及其他一切现成食品的王国，而且世界上当以美国人最喜欢把培养儿童智力的任务全部交给大多是江湖骗子的儿科医生、体育"专家"、性卫生专家等诸如此类的专业人才。

总之，当今的社会组织方式迫使社会上许多人为了谋生不得不操什本行业机械枯燥的手艺。妇女们则厌恶这种机械枯燥的事情，不过往往是不自觉的，有时甚至还乖乖地逆来顺受。妇女们则厌恶说明她们聪颖机敏。她们要是乐于从事这类手艺，引以为荣，而且还以勤勉娴熟的态度加以表示，那就把自己降到了与侍者领班、会计师、教师或者地毯掸灰工之流的男人同等的水平之上，还颇为得意的。女人但凡不是愚顽至极的，生来就有完全逃避责任的倾向；

如果实在无法逃避，就把要求降到不能再降的地步。如果某个意外事件使女人暂时或永远打消结婚的念头，并投身到世间一般的事业中与男人较量，那么她们通常所开创的事业又可有来证明她们才智高超。妇女无论从事什么工作，凡是只需要反复不变的技巧、不很高明的骗人伎俩的，往往都失败；凡需要独立思考、随机应变的，却常常得手。所以，她们当律师十有八九不成功，因为当律师只需用空洞言辞、陈腔滥调作武器，惯于把这些言之无物的废话说得比常情、真理和正义还要动听。她们经商也十之八九会亏本，因为做生意大体上就是浅薄琐碎的交易活动加上坑蒙拐骗凑成的杂烩，而她们的正直感使她们厌恶这种东西。但是，女人当护士一般都很成功，因为护士这个职业需要善解人意、驾驭病人的本领。凡是在技艺方面，尤其在那些只是需要思维敏捷、不需要天才妙招予以配合的次要层面上与男人展开竞争时，她从来就毫不逊色。就是在烟花巷里人们也会发现足够的机智和勇气以及落难时能屈能伸的韧性。这些品质足以使任何由男人专门从事的职业所需的禀赋相形见绌。如果一般男人的工作需要的精明机灵只是干老鸨那个行当所需的一半，那么他们随时都有挨饿的危险。

　　人人都知道，男人对女人智力胜过自己总是耿耿于怀，自负的心态驱使他们否认自己不如女人。不过他们也难得用心思索，进行逻辑分析和有证有据的分析，无法驳倒这种说法。再说他们的态度从表面上看似乎也有一定的来由。他们把一种人为制造的品格强加在女人头上，完全掩盖了她们真正的品格，而这种自欺欺人的态度却得到女人的鼓励，因为女人们觉得这样有好处。但是，尽管每个正常的男人都自称比所有的女人、尤其比自己的妻子天分高，并且聊以自慰，可他们偏偏又不断地戳穿自己的牛皮，老是求助于他们所谓的女人的直觉，对女人言听计从。这就是说，男人切身体会到，女人对许多重大事情的判断比自己周密深刻。可是他们又不愿意承认女人之所以有这样深邃的洞察力是女人的才智胜出一筹的缘故，于是他搬出一种理论，说这是由于女人有某种无形而让人捉摸不透的百猜亘是的天赋，有某种半神秘的超级敏感性，有某种朦胧的（实质上是近于人类而又非人类的）本能。

但是，只要研究一下什么情况促使男人求助于所谓女人的本能，便能了解这种本能的实质是什么。男人求助不是出于天天操心的纯技术问题。而是出于一些比较罕见、比较根本因而困难得多的问题。这种难题只是偶尔才遇到一个，因此考验他们不是在技巧上能否训练出来的问题，而是是否具有真正的逻辑推理能力。依我看，男人里面除了自知不行而且怕老婆以外，没有一个会为了雇佣职员，贷款给某个小客户或是为了某个经常耍弄的骗钱花招去请教妻子。可是，事关找个做买卖伙伴，候补公职或是千金出阁之类的大事，连极其自负的男人都会探探妻子的口风。因为这类事情至关紧要，涉及前程幸福之根本，需要当事的男人集思广益才好。决策不误，关系重大，连虚荣心也会为之收敛。正是在这种情况下，女人超群的领悟力不言而喻便有了用武之地，而且还必须承认这一点。正是在这方面，女人不受男人那种所谓的情感、迷信思想和陈规陋习的影响，将自己区分现象与本质的独特天赋用之于工作，发挥那称之为直觉的东西的作用。

直觉？瞎说八道！女人是人类最卓越的现实主义者。她们表面上似乎不懂逻辑，实际上通晓一种罕见、隐晦的超级逻辑。她们表面上似乎反复无常、实际上执拗坚持真理，尽管真理像水母一样飘忽不定，她们却始终执拗地追随真理。表面上她们似乎十分鲁钝，容易上当受骗，实际上她们心明眼亮得很……男人身上有时也显示出同样无情的聪颖，这种男人比一般的男人来得冷漠沉着，天生具有特殊的逻辑头脑，深知世态炎凉，喜欢冷嘲热讽。男人偶尔也很有头脑，但是，男人中间像年已四十八岁、儿女成群的妇女那样的头脑冷静聪颖、判断一贯正确、很少为表面现象所迷惑的，我敢冒昧地说一句，实在少之又少。

❖**作者简介：** 赛珍珠（1892～1973），美国女作家。主要作品有小说《大地》、《东风，西风》、《儿子们》、《梁太太的三个女儿》、《龙种》等。1938年获诺贝尔文学奖。

# 中国之美

　　美国秋天的树林是美丽的，迷人的，唯有一个生长于异国他邦的美国人，才能完全领略。令我不解的是，在我回美国之前，竟然从未听到有人谈起过它。我先前一直生活在中国，那儿一片宁静，风景如画，自有其独特的可爱之处：清瘦的翠竹摇曳生姿，荷塘倒映出庙宇那翘起的飞檐，大地一片郁郁葱葱。亚热带明媚的阳光和繁星密布的夜空，又使它显得千般的娇、万般的柔。夏去秋来，金菊盛开，但转眼又是萧瑟西风，黄花憔悴，一片苍凉。有道是：残秋不堪忍，蓄芳待来春。树木飘尽落叶，只留下灰暗的棕色树丫，在风中瑟瑟地抖动。几乎是一夜之间，大地就披上了素净的冬装。一切都是灰蒙蒙的。苍凉的天地间，蜷伏着几座小小的农家土屋，一切都没有了生气。人们也都裹进了深蓝色和黑色的棉袍中，失去了往日的活力。

　　这样，漫游东方之后，我踏上了美丽的英国原野，夏末的淡紫与黄褐的色调，令我神荡意迷。道道树篱，即使在樱草时节也不会更可爱。那一片如醉如梦的恬静，使人忘却尘世的烦恼，而沉醉于静谧的良田和座座古老的灰色石房，沉醉于静止的大气中依依上升的炊烟。英格兰大地笼罩着一片优美安逸的气氛，真不啻劳累过后

酣然入梦。

　　带着这心绪，我渡过大西洋，直抵纽约城。喧嚣的纽约显示出的骇人的活力，除了坐惯了中国那慢悠悠的电车、黄包车和手推车的人，还有谁能感受得到呢？大街上，汽车一辆接着一辆，你刚躲过一辆，马上又有千百辆开过来——横过马路也成了惊心动魄的历险。相比之下，中国那些拦路抢劫的土匪也显得温和了。高架铁路上，火车隆隆驶过，令人头晕目眩；还有显然是宇宙腹部发出的地下呼啸。我被打着哈欠的地球迷住了，它在一个地方把人成百上千地吞将下去，又在数里以外的某个地方吐将出来，而这些人依然是那样匆匆忙忙，烦躁不安。沉闷的地铁让我不堪忍受，无轨电车也让我紧张万分。每当我抓紧电车里的吊带时，我就不无遗憾地忆起昔日在中国的情形：手推车缓缓前行，路旁几池碧水，鸭儿悠然划动双蹼；我不时探身摘一朵野花，扔给那些光着黑黝黝的身子在尘土中滚爬的孩子们。

　　纽约惊醒了我温馨的梦，美国秋林又让我惊叹不已。

　　一周以后，当我在弗吉尼亚一个树林里散步时，我的狂喜之情无法言表。在此之前，从未有人告诉过我林中景色有多么奇美。当然他们也曾说过："你知道树叶在秋天都变了颜色了。"但这又能给人什么印象呢？我原以为不过是些淡黄、黄褐或淡淡的玫瑰红罢了。然而，我却看到了一片生机盎然、五彩缤纷的景象，令人难以置信的粗犷、艳丽、充满野性的活力。黝黑的峭壁下，一棵参天大树拔地而起，一株火红的藤蔓攀缘而上，俨然一位精神抖擞的哨兵——我永远也不会忘记这情景。

　　枫林中曲径幽幽，犹如通往天国黄金大街的小路。漫步而去，头顶上枝丫交错，橙黄、粉红、猩红、深褐、淡黄……色彩纷呈。林中徜徉，仿佛踱在一块鲜艳的地毯上，这是北京地毯也没有的鲜艳，是以帝王之富也难以买到的色泽。那些细藤、幼草，夏日里想必还是柔弱娇小的罢，现在却也不甘寂寞，争奇斗妍。

太美了！地球上再也没有能与这相媲美的了！然而我却怀疑，年复一年，美国人是否能欣赏这景观。不管怎样，美国秋林让我叹为观止。北极光不会让我吃惊，虽然这要在以后才能证实；维苏威火山也不会让我吃惊，即使有一天，天空随着加百利的喇叭吹出的曲调消失不见了，我也怀疑我是否还会吃惊。平生第一次散步美国秋林，我就被这产生于幽静之物的美深深打动了。我不相信世上还有别的什么，能给我以更深刻的美的启示。

我又一次陷入了对美的冥想之中。寻找世间万物的可爱之处，思考各个民族的天性是怎样以不同的美的方式自然流露出来的、这一直是我引以为乐的事情，也就是说，我的注意力不在那些旅游者趋之若鹜的名胜，因为在那些游览胜地很少能看到那个国家的普通人民。

我不是在卢浮宫，而是在一个老妇身上找到法国的。她身穿蓝布长裙，头戴白色纱巾，跪在叮咚作响的小溪旁捣衣。她是那样任劳任怨，那样贤惠。她突然抬起头冲我笑了，笑出了她无处不在、无时不有的幽默和风情。一张爬满皱纹的脸上，那对永远年轻的眸子，光波流动，充满活力——我几乎看呆了。

人迹罕至的阿尔卑斯山脉，白雪皑皑，在蓝天的映衬下，显得格外雄伟壮丽，但它并没真正体现出瑞士人民的特性。瑞士人民吃苦耐劳，平和沉稳。在那块面积不大的土地上，梨树要小心的靠墙栽上，葡萄藤要认真修剪，不让它疯长，结出的串串果实也要仔细地数来数去。那儿的一切小巧整齐，自有其独特的美。巍峨的少女峰，天长地久地耸立在那块不大的土地上，但我却怀疑，瑞士人一年到头能否对她看上两眼。

真奇怪！不知怎的，只有当我的思绪与养育我的祖国——中国联系在一起时，我才能这样有条不紊地思考各个民族的差异。

不知有多少外国人，刚走下从上海开来的火车，结束了他们到中国的首次旅行后，就对我说：“……嗨，中国可不如日本美！”

世界散文精品集丛书

我只是笑笑，不想马上回答，因为我知道中国之美。

日本给人的感觉是精美。这不仅在于它那可爱的瓷器、华丽文雅的和服和那些噼叭噼叭急促行走的迷人的孩童——这些尽人皆知；它的精美也不仅仅在于山坡上的小块梯田，不在于那些整洁但不坚固的房屋和那仙境般的小小的生活乐园——这些举目可见。

日本伟大的美存在于你和我，作为匆匆过客，在走马观花之间很难发现的地方。

正是这种美使一个劳累了一天的苦力，放下扁担，随便吃一些米饭加鱼，便到那手帕大的花园里忙碌起来。他们神情专注地干着，轻松愉快地干着，完全沉浸在为自己也为家庭创造美的欢欣之中了。全家人都围在他身边，钦佩地看着。日本人家家都有花园，如果命运不肯赏赐给一个穷人一平方英尺土地的话，他也会花上一分钱，买上一块大大的地盘，几个小时辛苦而又欢愉的劳动之后，他便逐渐有了一个微型花园：假山、凉亭、一池清水。几片青苔，权作草坪；一些小草，且作树木；再把羊齿植物塞入石缝，便有了一片灌木丛。

也正是这种美，使得一个日本客栈主人，为了让客人舒心，每天都在客人房间里更换一件精致的摆设。今天，他从珍藏中挑出一幅水墨画，画面淡雅逼真，一只小鸟正立于芦苇之上。明天，你屋里又会有一个深蓝色的瓷瓶，瓶里插上一枝怒放的雪梨，放得恰到好处，让你禁不住要参悟佛道了。有时，出现在你房间里的会是一幅旧地毯，褪了色的毯面上，一队手提灯笼的人正在行进，看上去古怪而有趣。

最近，我听到许多议论日本的闲语。有些人甚至说日本人连普通人的品质也不具备。我不敢妄论，我要等到有人为我把无比的邪恶和对美的温柔的爱这两种品质溶在一起时再发表意见。这种温柔的爱，在日本的穷人、富人身上几乎都能找到。人们穷毕生精力，自发地追求着美，不是出于对金钱的考虑，而是出于对美的渴求。

童年轶事

倘若美即真是正确的，那么，难道这里面就没有一点真吗？

这种在日本比比皆是的优雅美，在中国当然并非随处可见。因此，我不能责备那些刚看了中国一眼就断言她丑陋的朋友们。无疑，生活的拮据让穷人们时刻都在想着怎样填饱肚子，在普通百姓的生活中，美少得可怜。

有一天，我的园丁正在花园翻地，我问他："你愿不愿意要点这种花籽种在你房前？"

他不信任地看了我一眼，用力掘着地："穷人种花没有用，"他说，"那都是供有钱人玩赏的。"

"不错，但这并不要你花钱。你看，我可以给你几种花籽，如果你那片地不肥，你可以从这儿的肥堆上弄点肥料。我会给你时间让你侍弄它们的。种点花会让你感到心神愉快的。"

他俯身拾起一块石头扔了出去，"我要种点菜。"园丁的回答很干脆。

无疑，中国的穷人们干什么都讲求经济实惠。我也曾在内地某处居住过一段时间。在那儿，我问一个农妇，如果哪一年收成好，有了盈余的话，吃穿用是怎样安排的，是把余钱存起来呢还是花掉。

回想起过去的好年景，那农妇笑了，她兴奋地说："我们就多吃点！"

在一个土匪遍地的国家，他们没有把自己那点积蓄存入可信赖的钱庄，而是统统都吃进了肚里，因为那儿是最安全的地方，至少没有人能把它们抢走了！天知道他们的身体是否会因此好一点。

逛一下中国的城市，它们的丑陋会使你大吃一惊——到处拥挤不堪，又脏又乱；街道上臭气熏天，令人作呕。病病歪歪的乞丐，蓬头垢面，使出他们卑鄙的生财手段，可怜巴巴地哀求着过着寄生虫的生活。几只癞皮狗在胆怯地溜来溜去。倘若你朝商店或居民家里扫一眼，你会发现一切都是以实用为准则：桌子没有上油漆，凳子在打造时显然是没有考虑到要让人们坐上去感到舒服，箱子、床、乱七八糟的破旧玩意儿，还有原始的炊具——所有这些都挤在那一点点小得令人难以置信的空间里，让人心烦意乱，丝毫没有对美中所能体现出的精神财富的追求。

前几天，我站在江西的一个山顶上，放眼百里大好河山，极觉心旷神怡——阳光下，溪水波光潋滟；长江悠悠，蜿蜒入海，恰似一条黄色大道。绿树成荫，村舍掩映。块块稻田，绿如碧玉棋盘般整齐，似乎一切都那么宁静，一切都那么美丽。

然而我太了解我的祖国了。我知道，如果我走进那仙境中，我会发现溪流已被污染，河边挤满了用席苇作舱顶的破旧不堪的小船，那里就是成千上万食不果腹的渔民的唯一栖身之地。绿树下面，房屋一个紧挨着一个，垃圾在阳光的曝晒下散发着阵阵臭气，苍蝇成群，到处可见的黄狗会冲我狂吠。那儿尽管有人人可享用的新鲜空气，但房子却小而无窗，里面暗如洞穴，孩子们脏得要命，头发乱蓬蓬的，鼻子就别提了，鼻涕总是流到嘴里！看不到一朵鲜花，看不到一处人为的美。为解除生活的单调沉闷，就连草房前那一块空地也被碾成了打谷场，坚硬的场地在阳光的照射下泛着青光。贫穷？是的，但也往往是懒惰与无知的结果。

那么，中国究竟美在何处呢？反正它不在事物的表面。别着急，且听我慢慢道来。

这个古老的国家，几个世纪以来，一直缄默不言，无精打采，从不在乎其他的国家对它的看法，但正是在这儿，我发现了世上罕见的美。

中国并没有在那些名胜古迹中表现自己，即使在旅行者远东之行的目标——北京，我们看到的也不是名胜古迹：紫禁城、天坛、大清真寺……都是这个民族根据生活的需要逐步建立起来的。那是为他们自己建造的，根本不是为了吸引游客或是赚钱。的确，多少年来，这些名胜都是你千金难睹的。

中国人天生不知展览、广告为何物。在杭州无论你走进哪家大

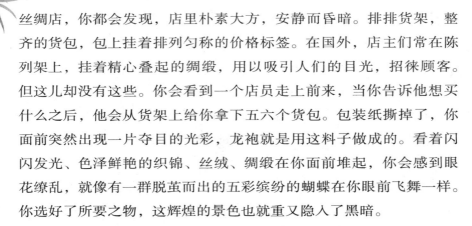

丝绸店，你都会发现，店里朴素大方，安静而昏暗。排排货架，整齐的货包，包上挂着排列匀称的价格标签。在国外，店主们常在陈列架上，挂着精心叠起的绸缎，用以吸引人们的目光，招徕顾客。但这儿却没有这些。你会看到一个店员走上前来，当你告诉他想买什么之后，他会从货架上给你拿下五六个货包。包装纸撕掉了，你面前突然出现一片夺目的光彩，龙袍就是用这料子做成的。看着闪闪发光、色泽鲜艳的织锦、丝绒、绸缎在你面前堆起，你会感到眼花缭乱，就像有一群脱茧而出的五彩缤纷的蝴蝶在你眼前飞舞一样。你选好了所要之物，这辉煌的景色也就重又隐入了黑暗。

这就是中国！

她的美是那些体现了最崇高的思想，体现了历代贵族的艺术追求的古董、古迹，这些古老的东西，也和它们的主人一样，正缓慢走向衰落。

这堵临街的灰色高墙，气势森严，令人望而却步。但如果你有合适的钥匙，你或许可以迈进那雅致的庭院。院内，古老的方砖铺地，几百年的脚踏足踩，砖面已被磨损了许多。一株盘根错节的松树，一池金鱼，一只雕花石凳，凳上坐一位鹤发长者，身着白色绸袍，宝相庄严，有如得道高僧。在他那苍白、干枯的手里，是一管磨得锃亮、顶端镶银的黑木烟袋。倘若你们有交情的话，他便会站起身来，深鞠几躬，以无可挑剔的礼数陪你步入上房。二人坐在高大的雕花楠木椅子上，共品香茗；挂在墙上的丝绸卷轴古画会让你赞叹不已，空中那雕梁画栋，又诱你神游太虚。美，到处是美，古色古香，含蓄优雅。

我的思绪又将我带到了一座寺院。寺院的客厅虽然宽敞，却有点幽暗。客厅前有一片小小的空地，整日沐着阳光。空地上有一个用青砖垒起的花坛，漫长的岁月，几乎褪尽了砖的颜色。每至春和景明，花坛里硕大的淡红色嫩芽便破土而出。我五月间造访时，阳光明媚，牡丹盛开，色泽鲜艳，大红、粉红红成了一团火；花坛中央开着乳白色的花朵，淡黄色的花蕊煞是好看。花坛造型精巧，客人只有从房间的暗处才能欣赏到那美妙之处。斯时斯地，夫复何言？夫复何思？

我知道有些家庭珍藏有古画、古陶器、古铜器，还有年代已久的刺绣，这些东西出世时，还没人想到会有什么美洲的存在。它们的历史说不定真的和古埃及法老的宝藏一样古老呢！

变化中的中国发生了一些让人伤心的事情。一些无知的年轻人，或者为贫困所迫，或者是因为粗心大意，竟学会了拿这些文物去换钱。这些古玩实乃无价国宝，是审美价值极高的艺术珍品，是任何个人都不配私人占有，而只应由国家来收藏的。但他们目前还不能明白这一点！

外国对中国犯下了种种罪行，不容忽视的一点就是对中国美的掠夺。那些急不可耐的古玩搜集商，足迹遍及全球的冒险家，还有各大商行的老板，从中国美的宝库中掠夺了不知多少珍品。这委实是对一个无知的人的掠夺，因为她不知道自己认为可以卖到三十块银元的东西，根本就不该卖掉。

此外，中国年青一代中，有很多人的思想似乎尚未成熟，他们的表现让人感到惊愕。他们既然怀疑过去，抛弃传统，也就不可避免地抛弃旧中国那些无与伦比的艺术品，去抢购许多西方的粗陋的便宜货，挂在自己的屋里。这个国家的许多特色是我们所热爱的，而现在我们却要看着这些特色一个个消失，这的确是一个伤心的问题，中国的古典美谁来继承？盲目崇洋所带来的必然堕落怎样解决？难道说随着人们对传统的抛弃，我们也必须失掉庙宇的斗拱飞檐吗？

但我也不时感到欣慰：一定会有一些人继承所有那些酷爱美的先辈，以大师的热情去追求美并把它带到较为太平的年代。

前几天，我去了一个著名中国现代画家的画室。看着那一幅幅广告画，一幅幅俗套的健美女郎像和那用色拙劣的海上落日图，我的心直往下沉——一堆粗制滥造的油画！但是在画室的一个不显眼的角落，我发现一幅小小的水彩画。那是一条村巷，在夏日黄昏的阵雨中，弥漫着淡蓝色的雾，一些银灰色的斜线划过画面。从一座让人感到亲切的小屋的窗口，闪出微弱的烛光。一个孤零零的人手撑油伞踽踽独行，湿漉漉的石块上投下了他那摇晃的身影。

我转过身来，对画家说："这是最好的一幅。"

他的脸顿时明朗起来。

"你真这么看？我也是这样想的！这是我以前每天都看到的故乡街巷，但是，"画家叹息一声，"这是我为消遣而画的，这画不能卖掉。"

倘若一定要我找出中国之美的瑕疵来，我只能说它太隐逸，太高雅了，多数平民很少能享受，这美本来也是属于他们的，而那些公侯之家或宗教团体却将它据为己有，许多人无法获得审美知识，因而无法充分享受生活的乐趣。几百年来，那些极为贫困和没有文化的人们，只能默默地降生，又默默地死去，对那种妙不可言、令人倾倒的美漠然视之，无动于衷。追求美成了贵族社会、有闲阶级的特权，穷人们则认为那只是富人的消遣，与自己无缘。

普通中国人需要培养审美情趣，去发现他周围有待于挖掘的美。一旦他懂得了美的意义，一旦他认识到美根本不存在于那令人讨厌的、要价四角的石版画中，甚至也不完全存在于有钱人的那些无价之宝中，一旦他认识到美就存在于他们庭院之中，正等待他从粗心懒散造成的脏乱环境中去发掘时，一种崭新的精神将会在这块美丽的大地上传播开来。

虽然这儿的千百万在贫困中挣扎的人们，一直都在为一口饭而终日辛劳，但我知道，无论如何，人不能仅靠植物生活。我们最需要的是那些大家都能自由享用的美——澄塘霞影，婀娜的花卉，清新的空气，可爱的大自然。

前几天，我把我这个想法对我的中国老师讲了，他随口答了一句："仓廪实则知礼仪，衣食足则知荣辱。"

我想是这样的。

然而，我相信我的园丁昨晚美餐了一顿。当时，他在草坪上快活地干活，我则坐在竹丛下沉思。突然，一片奇异的光彩把我从沉思中惊醒，我抬头一看，西天烧起了绚丽的晚霞，令我心驰神往。

"噢，看哪！"我喊道。

"在哪儿？在哪儿？"园丁紧紧抓住锄把叫道。

"在那儿。看那颜色有多美！"

"哦，那呀！"园丁却不胜厌恶地说，弯下腰去接着修整草坪。"你那样大声喊叫，我还以为有蜈蚣爬到你身上了呢！"

说实在的，我并不认为爱美要以填饱肚子为前提，再多的美食家也只是美食家。此外，如果我的中国老师说的那句话绝对正确，那我该怎样解释下列情况呢？那又老又聋的王妈妈，可怜的寡妇中更可怜的一个，整日里靠辛辛苦苦为人缝衣换碗饭吃，然而，她桌子上那个有缺口的瓶子里，整个夏天都插有不知她从哪儿弄来的鲜花。当我硬是送她一个碧绿的小花瓶时，她竟高兴得流出了眼泪。

还有那个小小的烟草店。那位掉光了牙齿的老店主，整天都在快活地侍弄他的陶盆里一株不知其名的花草。我院外的那位农夫，让一片蜀葵在房子四周任其自然地长着。还有那些街头"小野孩儿"，也常常害羞地把脸贴在我的门上，向我讨一束花儿。

不，我认为每个儿童的心田里，都能播下爱美的种子。尽管困苦的生活有时会将它扼杀，但它却是永生不灭的，有时它会在那些沉思冥想的人的心田里茁壮成长，对这些人来说，即使住进皇宫与皇帝共进晚餐也远非人生之最大乐趣。他们知道自己将永远不会满足，除非他们以某种方式找到了美，找到人生之最高境界。

❖ **作者简介：** 本杰明·富兰克林（1706～1790），美国政治家、科学家。曾参与起草《独立宣言》。

美腿与丑腿

　　世界上有两种人，他们的健康、财富以及生活上的各种享受大致相同，结果，一种人是幸福的，另一种却得不到幸福。他们对物、对人和对事的观点不同，那些观点对于他们心灵上的影响因此也不同，苦乐的分野主要的也就在此。

　　一个人无论处于什么地位，遭遇总是有顺利有不顺利；无论在什么交际场合，所接触到的人物和谈吐，总有讨人欢喜的和不讨人欢喜的；无论在什么地方的餐桌上，酒肉的味道总是有可口的也有不可口的，菜肴也是煮得有好有坏；无论在什么地带，天气总是有晴有雨；无论什么政府，它的法律总是有好的，也有不好的，而法律的施行也是有好有坏。天才所写的诗文，里面有美点，但也总可以找到若干瑕疵。差不多每一张脸上，总可找到优点和缺陷，差不多每一个人都有他的长处，也有他的短处。

　　在这些情形之下，上面所说两种人的注意目标恰好相反；乐观的人所注意的只是顺利的际遇、谈话之中有趣的部分、精制的佳肴、美味的好酒、晴朗的天气等等，同时尽情享乐。悲观的人所想的和所谈的却只是坏的一面。他们因此永远感到怏怏不乐，他们的言论在社交场所既大煞风景，个别的还得罪许多人，以致他们到处和人格格不相入。如果这种性情是天生的，这些怏怏不乐的人倒是更堪怜悯。但那种吹毛求疵令人厌恶的脾气，也许根本从模仿而来，于不知不觉中养成了习惯。假若悲观的人能够知道他们的恶习对于他们一生幸福有如何不良的影响，那么即使恶习已经到了根深蒂固的程度，也还是可以矫正的。我希望这一点忠告可能对悲观的人有所帮助，促使他们去除恶习。这种恶习实际上虽然只是一种态度，一种心理行为，但是它却能造成终生的严重后果，带来真的悲哀与不幸。他们得罪了大家，大家谁也不喜欢他们，至多以极平常的礼貌和敬意跟他们敷衍，有时甚至连极平常的礼貌和敬意都谈不到。他们常常因此很气愤，引起种种争执。他们如想地位改进或财富增加，别人谁也不会希望他们成功，没有人肯为成全他们的抱负而出力或出言。如果他们招受到公众的责难或羞辱，也没有人肯为他们的过失辩护或予以原谅；许多人还要夸大其词地同声攻击，把他们骂得体无完肤。如果这些人不愿矫正恶习，不肯迁就，不肯喜欢一切别人认为可爱的东西，而总是怨天尤人，为一切不可爱的东西自寻烦恼，那么大家还是避免和他们交往的好；因为这种人总是和人难以相处，一旦你发觉自己被牵缠在他们的争吵中时，你将感到很大的麻烦。

我有一位研究哲学的老朋友，由于饱经世故，时时谨慎、留神，避免和这种人亲近。他像一般哲学家一样，备有一具显示气温的寒暑表，和一具预示晴雨的气压计；但什么人有这种坏脾气，世界上还没有人发明什么仪器，可以使他一看便知，因此他就利用他的两条腿；一条长得非常好看，另一条却因曾逢意外事件而呈畸形。陌生人初次和他见面，如果对他的丑腿比对他的好腿更为注意，他就有所疑忌。如果此人只谈起那条丑腿，不注意那条好腿，这就足以使我的朋友决定不再和他作进一步的交往。这样一副大腿仪器并非人人都有，但是只要稍为留心，那种有吹毛求疵恶习之流的一些行迹，大家都能看出来，从而可以决定避免和他们交往。因此，我劝告那些性情苛酷、怨愤不平和郁郁寡欢的人，如果他们希望能受人敬爱而自得其乐，他们就不可再去注意人家的丑腿了。

世界散文精品集丛书

❖**作者简介：**法利·莫瓦特（1921~　），加拿大当代著名作家。主要从事纪实文学和科普读物的写作。主要作品有《鹿苑中的人》和《联队》等。

雪

　　人类在幼年时期便已认识到有几种基本力量支配着这个世界。希腊人生活在温暖的海洋岸边，他们认为这些基本元素是火、土、风和水。最初，希腊人的生存空间较为狭小与封闭，他们对第五元素并无认识。

　　大约在公元前330年，一个名叫皮西亚斯的爱漫游的数学家作了一次奇异的航行，他北行到冰岛并且进入了格陵兰海。在这里他遇到了莹白、凛冽却极为壮观的第五种元素。他回到温暖、蔚蓝的地中海世界后，费尽力气地向国人描绘他所见到的景象。他们断定他是在胡说八道，因为尽管他们有丰富的想象力，却怎么也设想不出这种偶尔薄薄覆盖在诸神居住的山顶上的白色粉末能有什么神奇的伟力。

　　他们未能认识雪的巨大力量不能完全怪他们。我们这些希腊人的子孙在理解这一现象上也存在着同样的困难。

　　我们脑子里的雪的图景又是怎么样的呢？

　　那是蓝黑色的圣诞夜在雪橇铃声伴奏下逐渐进入的一个梦境。

　　那是我们有急事要赶路偏偏遇上车轮打滑空转这样的尴尬局面。

　　那是冬夜里一位女士睫毛上倏忽闪现的挑逗的微光。

那是郊区主妇把湿透的雪衣从淌鼻涕的小家伙身上剥下来时那无可奈何的笑容。

那是老人忆起童年打雪仗时迷蒙的眼睛里所泛现的欢乐的异彩。

那是一幅俗气的广告，劝你饮用太阳谷雪堆上的一瓶可口可乐。

那是树冠洁白的森林深处无比寂静时的那份高贵与典雅。

那是滑雪板飞驰时碾压出的清脆碎裂声，也是摩托雪橇喷出的猞猞拌嘴声。

对我们来说雪就是这些，当然还会有别的相关图景，但它们都仅仅触及这个多面体、万花筒般复杂的物体最最表面的现象。

在我们这个星球上，雪是一只因自身分解而不断再生的不死鸟，它也是银河星系里的一种不消亡的存在。在外层空间某处，一团团无比巨大的雪结晶体与时间一起飘荡，在我们的世界形成前很久便已如此，在地球消失后也不会有变化。即便是最聪明的科学家和眼光最敏锐的天文学家，他们也不得不承认，这些在无垠空间里闪光的结晶体与某个十二月夜晚从静静的天空落到我们手心和脸上的东西，并无任何区别。

雪是在窗玻璃上短暂停留的一个薄片。然而它也是太阳系的一个标志。当宇航员仰眺火星时，他们所见到的是一个单色的红红的球体——它那两个端顶除外，在那里发亮的覆盖物朝半腰地带延伸过去。正像羚羊在暗褐色草原上扭动它白色的臀部一样，火星是用它的雪原反照我们共有的太阳的强光，来向外部世界表明自己的存在的。

地球也何尝不是这样呢。

当第一个星际航行员朝太空深处飞去时，地球往后退缩，我们海洋、陆地的蓝绿色将逐渐消失，但地球隐去前的最后信标将是我们的南北极这两个日光反射器。雪在宇航员远望的眼中将是最后见到的一个元素，雪也将是外来的太空人最先可以瞥见的我们地球上的一个闪光体——如果这些人有可以看东西的眼睛的话。

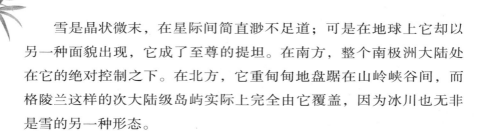

雪是晶状微末，在星际间简直渺不足道；可是在地球上它却以另一种面貌出现，它成了至尊的提坦。在南方，整个南极洲大陆处在它的绝对控制之下。在北方，它重甸甸地盘踞在山岭峡谷间，而格陵兰这样的次大陆级岛屿实际上完全由它覆盖，因为冰川也无非是雪的另一种形态。

冰川是降雪过程中造成的；雪纤细柔软，几乎没有分量……可是它不断降落却始终没有融化。年复一年，许多个世代，许多个世纪过去，雪还是不断降落。没有分量的东西这时候有了重量。这波浪般起伏的白色弃置物似乎没有变化，可是在它寒冷的深处结晶体变形了；它们的结构起了变化，结合得更紧密了，终于成为黝黑的、光度较小的冰。

在地球最近的地质纪里，有四次，雪这样不断地降落在美洲、欧洲与亚洲大陆的北部。每一次，雪都使几乎半个世界的面貌起了变化。有如复仇女神，一股股足足两英里厚的冰川从中央高处朝外流淌，蹭擦地表，夺去上面的生命与泥土，在原始岩上留下深深的伤痕，简直把地球的石质表皮削去好几百英尺。雪还在降落，轻轻地，始终也不间断，不知多少万吨的海水从大洋里消失，它们被封冻在冰川里；而海洋则从大陆岸边朝后退缩。

在人类认识的自然现象中，没有哪一种在破坏力上能超过冰川。最强烈的地震也无法与之相比。海啸掀起的惊涛骇浪在它面前是小巫见大巫。飓风更是不值一提，喷吐烈焰的火山爆发也显得黯然失色。

冰川是雪的宏观形态。然而作为微观形态的雪却又是超凡绝俗的美的象征。人们常说没有两片雪花完全一模一样，事实上的确如此，不管是多少年前落下的还是在遥远的将来会落下的，世界上每一片雪花在结构与形态上都是一个独一无二的创造物。

我知道有这么一个人，他将自己的大半辈子都用在研究这种转瞬即逝的奇迹上。他盖了一座奇特的房屋，装置有恒冻而不是恒温

世界散文精品集丛书

的设备。房子和屋顶上有一个敞开的口子。逢到下雪的白天与黑夜，他就独自呆在这冰冷的屋子里，用预先冻上的玻璃去承接落下的雪花，并赶紧用放大的镜头把它们拍摄下来。对他来说，这变化无穷、永不重复的第五元素就是美的化身，是顶礼膜拜的对象。

我们当中，和他一样拥有这种近乎中世纪狂热的人不多。事实上，现代人已变得麻木不仁，对这第五元素开始抱着一种相矛盾的态度了。虽然我们会以怀旧的心情忆起童年下雪时的往事，但我们开始越来越讨厌雪了。我们控制不了雪，无法按自己的需要改变它。对我们祖先的自然世界天空有益的雪能在我们建造的机械化世界里产生混乱。降落在纽约、蒙特利尔、芝加哥的一场大雪能使城市陷于瘫痪。在冻结的城市的周遭，它使我们的公路梗阻，火车停驶，飞机停飞，电线、电话线断裂。即便是一场不太大的风雪也会带来巨大的不便——它引起车毁人亡，连殡仪馆老板也因为事情扎手而不想赚这笔钱。

没准我们还会变得更不喜欢雪呢。老人常聊起旧时美好的冬天，什么雪一直堆到屋檐那么高啦，雪橇在齐树巅的雪上滑行啦，这可不完全是无稽之谈。一百年前这样的情况并不稀奇。可是本世纪以来，我们的气候在或升或降的周期性变化中出现了一个变暖的趋势，也可以说是回升（从我们的观点看）。这说不定只是一个短期的变化，紧接着很可能是一个下降的趋势。到那时，在这个结构脆弱的人工世界里，我们这些可怜虫又安在呢？我们还会喜欢雪吗？很可能听到这个词儿我们就会骂不绝口呢。

不过，那样的时刻来临时也还会有人活下来，而且不为这温柔却又无情的降落物所困扰。他们是真正的雪的儿女。

他们只是生活在北半球，因为南半球的雪区——南极洲——不适合人类生存，除非配备有不亚于宇航员那样的全套设备。雪的儿女环绕北极居住。他们是阿留申人、爱斯基摩人、北美的阿萨巴斯卡族印第安人、格陵兰人、拉普人、奈西人、楚克奇人、雅库特人、由迦吉尔人以及欧亚大陆和西伯利亚其他部族的人。

我们这些闭塞在自己的机械时代里的人沾沾自喜，满以为这些人不掌握我们高明的技术，必定是挣扎在生存线上，面临严酷的生存斗争，不会知道何为"人类潜能"。僵死地相信技术能带来健全的生活方式的人也许难以理解，我个人的经验可以证明，这一点对于许多雪的儿女并不适用。在我们从自己的贪欲和妄自尊大出发去干涉他们的事情之前，他们大抵上生活得并不错。也就是说，他们活得心安理得，跟别人和平相处，与环境和谐协调，能舒心地笑，可以尽情地爱，对普通衣食感到知足，从出生到死亡都怀着一种自尊自豪的心态。

那时候，雪是这些民族的盟友。雪是他们的保护神，是帮他们避开严寒的庇护所。爱斯基摩人用雪块垒成整幢住房。当点起简单的动物油脂灯时，室内就有了宜人的温度，尽管风在外面呼啸，水银柱降到零下五十多度。严严实实的雪提供了近乎完美的御寒材料。雪比木材更易于切割，也很容易修削成任何形状。雪搬起来很轻，如果用得恰当也很结实。一座内径二十英尺高十英尺的雪屋两个人在两小时内就能盖成。有特殊需要的爱斯基摩人常建造直径五十英尺的雪屋，而且让好几座联结在一起，这就成了名符其实的雪厦了。

所有的雪的儿女都以这种那种方式把雪用作自己的庇护所。如果他们是住木屋的定居民族，到冬天他们便在屋子四周垒起厚厚的雪墙。有的民族在雪堆里挖个洞，头顶支上鹿皮。只要有足够的雪，最北边的民族很少会受到严寒的侵袭。

雪也使他们的交通系统得以建成。有狗和驯鹿拉的雪橇，还有雪靴与滑雪板，他们几乎任何地方都可以去。整片雪国成了个四通八达的公路网。他们速度也不慢。狗队或驯鹿队一小时能走二十英里，一天走上一百英里是件轻轻松松的事。

雪使人们得以移动，雪又使猎物的行为有所变化，这就保证雪的儿女不至于挨饿——别的方面他们和其他民族条件也差不多。在北冰洋的冰块上，雪的遮掩给了海豹一种虚假的安全感。它们在冰上留了通气孔，上面覆盖了一层薄薄的雪。楚克奇或爱斯基摩族的猎人发现了这样的地方，在一边等待，直到看见一根长齿或树枝刺出，泄露了秘密。于是猎人便狠劲将长矛朝下面看不见的动物刺去。

在有林木的地区，驼鹿、麋鹿被厚厚的积雪"圈"在了几个狭小的地区里，变得跟牛栏里的牛一样易于宰杀。更为重要的是，所有的动物，除了空中飞的和在雪底下活动的以外，莫不在雪面上留下踪迹。初雪将大地覆盖后，从大熊到小野兔，全都变得易受猎人的袭击。

雪的儿女像了解自己一样地熟悉雪。近年来，不少科学家投身于研究这第五种元素，并非出于科学上的兴趣，而是因为我们神经紧张，宁愿来自北方的灾祸快点降临，或是因为担心说不定会打一场雪地大战。科学家投入大量时间与金钱，试着去区别无数种形态的雪花，并给它们起名字。这完全是多此一举。爱斯基摩人用来表达雪的种类与形态的复合词就不下一百多个，拉普人的也不相上下。住在西伯利亚北冰洋边的养驯鹿为生的尤卡吉尔人对雪面瞥上一眼，便能说出表层雪的深度、坚实度以及其中结冰部分的多少。

雪沉甸甸地压在大地上时，这些北方人心里好高兴。他们在秋季欢迎初雪，到春天则为雪的消失感到遗憾，雪是他们的朋友。要是没有雪他们就无法生存，或是——这在他们看来更加糟糕——早就被迫流落南方，挤进我们的行列，为自己也茫然的目的而营营奔逐。

今天，在某个地方，雪正在降落。它可能稀稀拉拉地筛洒在寒冷的沙漠上，将一层白白的粉屑撒向闪米特语系某个游牧民族的黧黑、仰视的脸。对他们来说，这没准是个神渝；反正肯定是个征兆，于是他们感到敬畏，打着寒战，若有所悟。

雪也许正席卷过西伯利亚冰冻的平原或是加拿大的大草原、把夏季的地理标志统统毁去，使弯刀形的雪堆越积越高，堵住了农舍的门窗。在屋子里，人们只好耐心地等待。暴风雪肆虐时，他们休息；暴风雪过后，他们再开始干活。到春天，融化的雪水将滋养黑土里蹿出来的新苗。

在静静的夜晚，大片的雪花也许正飘落在大都市的上空；它在爬行着的汽车的灯光里旋出一个个让人眼花的圆锥体，它掩埋着现代人在大地上留下的伤口，为难看的脓包遮去一些丑。孩子们盼望雪通夜别停，好让早晨没有班车、街车和家里的小轿车送这些小可怜去上学。可是大人却耐心地等着，因为若是还不快点停下，雪就会破坏生存模式为他们制定的错综复杂的设计蓝图。

雪也许正急遽地掠过蜷缩在北极苔原某处山岩下的一堆帐篷。逐渐逐渐地，雪拥抱住一群把鼻子缩在毛茸茸尾巴里睡觉中的狗，直到把它们全都盖住，可它们睡得挺暖和。在帐篷里，男人女人笑了。明天，雪没准会够深够厚，这样他们就可以不用帐篷，雪屋讨人喜欢的圆顶会再次矗立，把冬天变成一段满是愉悦、歌声、闲暇和爱恋的时光。

在某处，雪正在降落。

❖**作者简介：** 加夫列拉·米斯特拉尔（1889～1957），智利女作家。代表作有散文集《孤寂》、《柔情》、《白云朵朵》等。

母亲的回忆

母亲，在你的腹腔深处，我的眼睛、嘴和双手无声无息地生长。你用自己那丰富的血液滋润我，像溪流浇灌风信子那藏在地下的根。我的感观都是你的，并且凭借着这种从你们肌体上借来的东西在世界上流浪。大地所有的光辉——照射在我身上和交织在我心中的——都会把你赞颂。

母亲，在你的双膝上，我就像浓密枝头上的一颗果实，业已长大。你的双膝依然保留着我的体态，另一个儿子的到来，也没有让你将它抹去。你多么习惯摇晃我呀！当我在那数不清的道路上奔走时，你留在那儿，留在家的门廊里，似乎为感觉不到我的重量而忧伤。在《首席乐师》流传的近百首歌曲中，没有一种旋律会比你的摇椅的旋律更柔和的呀！母亲，我心中那些愉快的事情总是与你的手臂和双膝联在一起。

而你一边摆晃着一边唱歌，那些歌词不过是一些俏皮话，一种为了表示你的溺爱的语言。

在这些歌谣里，你为我唱到大地上的那些事物的名称：山、果实、村庄、田野上的动物。仿佛是为了让你的女儿在世界上定居，仿佛是向我列数家庭里的那些东西，多么奇特的家庭呀！在这个家庭里，人们已经接纳了我。

就这样，我渐渐熟悉了你那既严峻又温柔的世界：那些（造物主的）创造物的意味深长的名字，没有一个不是从你那里学来的。在你把那些美丽的名字教给我之后，老师们只有使用的份儿了。

母亲，你渐渐走近我，可以去采摘那些善意的东西而不至于伤害我：菜园里的一株薄荷，一块彩色的石子，而我就是在这些东西身上感受了（造物主的）那些创造物的情谊。你有时给我做、有时给我买一些玩具：一个眼睛像我的一样大的洋娃娃，一个很容易拆掉的小房子……不过那些没有生命的玩具，我根本就不喜欢。你不会忘记，对于我来说，最完美的东西是你的身体。

我戏弄你的头发，就像是戏弄光滑的水丝；抚弄你那圆圆的下巴、你的手指，我把你的手指辫起又拆开。对于你的女儿来说，你俯下的面孔就是这个世界的全部风景。我好奇地注视你那频频眨动的眼睛和你那绿色瞳孔里闪烁着的变幻的目光。母亲，在你不高兴的时候，经常出现在你脸上的表情是那么怪！

的确，我的整个世界就是你的脸庞、你的双颊，宛似蜜颜色的山冈，痛苦在你嘴角刻下的纹路，就像两道温柔的小山谷。注视着你的头，我便记住了那许多形态：在你的睫毛上，看到小草在颤抖，在你的脖子上，看到植物的根茎，当你向我弯下脖子时，便会皱出一道充满柔情的糟痕。

而当我学会牵着你的手走路时，紧贴着你，就像是你裙子上的一条摆动的裙皱，我们一起去熟悉的谷地。

父亲总是非常希望带我们去走路或爬山。

我们更是你的儿女，我们继续斯缠着你，就像苦巴杏仁被密实的杏核包裹着一样。我们最喜欢的天空，不是闪烁着亮晶晶寒星的天空，而是另一个闪烁着你的眼睛的天空。它搁得那么近，近得可以亲吻它的泪珠。

父亲陷入了生命那冒险的狂热，我们对他白天所做的事情一无所知。我们只看见，傍晚，他回来了，经常在桌子上放下一堆水果。

看见他交给你放在家里的衣柜里的那些麻布和法兰绒，你用这些为我们做衣服。然而，剥开果皮喂到孩子的嘴里并在那炎热的中午榨出果汁的，都是你呀，母亲。画出一个个小图案，再根据这些图案把麻布和法兰绒裁开，做成孩子那怕冷的身体穿上正合身的松软的衣服的，也是你呀，温情的母亲，最亲爱的母亲。

孩子已学会了走路，同样也会说那像彩色玻璃球一样的多种多样的话了。在交谈中间，你对他们加上的那一句轻轻的祈祷，从此便永远留在了他们的身边直至生命的最后一天。这句祈祷像宽叶香蒲一样质朴。当人们在这个世界上需要温柔而透明的生活的时候，我们就用如此简单的祈祷乞求，乞求每天的面包，说人们都是我们的兄弟，也赞美上帝那顽强的意志。

你以这种方式为我们展示了一幅充满形态和色彩的油画般的大地，同样也让我们认识了隐匿起来的上帝。

母亲，我是一个忧郁的女孩，又是一个孤僻的女孩，就像是那些白天藏起来的蟋蟀，又像是酷爱阳光的绿蜥蜴。你为你的女儿不能像别的女孩一样玩耍而难受，当你在家里的葡萄架下找到我，看到我正在与弯曲的葡萄藤和一棵像一个漂亮的男孩子一样挺拔而清秀的苦巴杏树交谈时，你常常说我发烧了。

此时此刻，倘使你在我的身边，就会把手放在我的额头上，像那时一样对我说："孩子，你发烧了。"

母亲，在你之后的所有的人，在教你教给他们的东西时，他们都要用许多话才能说明你用极少的话就能说明白的事情。他们让我听得厌倦，也让我对听"讲故事"索然无味。你在我身上进行的教育，像亲昵的蜡烛的光辉一样。你不用强迫的态度去讲，也不是那样匆忙，而是对自己的女儿倾诉。你从不要求自己的女儿安安静静规规矩矩地坐在硬板凳上。我一边听你说话一边玩你的薄纱衫或者衣袖上的珠贝壳扣。母亲，这是我所熟悉的唯一的令人愉快的学习方式。

后来，我成了一个大姑娘，再后来，我成了一个女人。我独自行走，不再倚傍你的身体，并且知道，这种所谓的自由并不美。我的身影投射在原野上，身边没有你那小巧的身影，该是多么难看而忧伤。我说话也同样不需要你的帮助了。我还是渴望着，在我说的每一句话里，都有你的帮助，让我说出的话，成为我们两个人的一个花环。

此刻，我闭着眼睛对你诉说，忘却了自己身在何方，也无须知道自己是在如此遥远的地方，我闭紧双眼，以便看不到，横亘在你我中间的那片辽阔的海洋。我和你交谈，就像是摸到了你的衣衫；我微微张开双手，我觉得你的手被我握住了。

这一点，我已对你说过：我带着你身体的赐予，用你给的双唇说话，用你给的双眼去注视神奇的大地。你同样能用我的这双眼看见热带的水果——散发着甜味的菠萝和光闪闪的橙子。你用我的眼睛欣赏这异国的山峦的景色，它们与我们那光秃秃的山峦是多么不同啊！在那座山脚下，你养育了我。你通过我的耳朵听到这些人的谈话，你会理解他们，爱他们，当对家乡的思念像一块伤疤，双眼睁开，除了墨西哥的景色，什么也看不见的时候，你也会同样感到痛苦。

今天，直至永远，我都会感谢你赐予我的采撷大地之美的能力，像用双唇吸吮一滴露珠，也同样感激你给予我的那种痛苦的财富，这种痛苦在我的心灵深处可以承受，而不至于死去。

为了相信你在听我说话，我就垂下眼睑，把这儿的早晨从我的身边赶走，想象着。在你那儿，正是黄昏。而为了对你说一些其他不能用这些语言表达的东西，我渐渐地陷入了沉默……

❖ **作者简介：** 卡雷尔·卡佩克（1890～1938），捷克作家。代表作有《罗素姆万能机器人》、《专制工厂》等。

田园诗情

　　荷兰，是水之国，花之国，也是牧场之国，一条条运河之间的绿色低地上，黑白花牛，白头黑牛，白腰蓝嘴黑牛，在低头吃草。有的牛背上盖着防潮的毛毡。牛群吃草反刍，有时站立不动，仿佛正在思考什么。牛犊的模样像贵妇人，仪态端庄。老牛好似牛群的家长，无比尊严。极目远眺，四周全是碧绿的丝绒般的草原和黑白两色的花牛。这就是真正的荷兰。

　　这就是真正的荷兰：碧绿色的低地镶嵌在一条一条运河之间，成群的骏马，剽悍强壮，腿粗如圆柱，鬃毛随风飘扬。除了深深的野草遮掩着的运河，没有什么能阻止它们飞驰到乌德列支或兹伏勒。辽阔无垠的原野似乎归它们所有，它们是这个自由王国的主人和公爵。

　　低地上还有白色的绵羊，它们在天堂般的绿色草原上，悠然自得。黑色的猪群，不停地呼噜着，像是对什么表示赞许。还有成千上万的小鸡，长毛山羊，但没有一个人影。这就是真正的荷兰。

　　只有到了傍晚，才看见有人驾着小船过来，坐上小板凳，给严肃沉默的奶牛挤奶。金色的晚霞铺在西天，远处偶尔传来汽笛声，接着又是一片寂静。在这里，谁都不叫喊吆喝，牛的脖子上的铃铛也没有响声，挤奶的人更是默默无言。

运河之中，装满奶桶的船只舒缓平稳地行驶，汽车火车，都装载着一罐一罐的牛奶运往城市。车过之后，一切又归于平静。狗不叫，圈里的牛不发出哞哞声，马蹄也不踢马房的挡板，真是万籁俱寂。沉睡的牲畜，无声的低地，漆黑的夜晚，只有远处的几座灯塔在闪烁着微弱的光芒。

　　这就是真正的荷兰。

世界散文精品集丛书

❖**作者简介：**辛田露伴（1867～1947），日本小说家、随笔家、考据家。代表作有《风流佛》、《五重塔》、《命运》等。

秘色青瓷

　　很难确切地说出青瓷起源于何时，相传是在后周柴世宗时代，并且是按照世宗的爱好和要求生产出来的。不过也可以这样解释：世宗之前可能已有了同样的品种，世宗则提出烧制更为先进的品类，不仅色泽要美丽，而且要求柔和莹润。总之，要给事物的起源准确地下个结论是困难的。

　　不过青瓷出自柴窑这一点，自古以来没有异议。一般人都认为首窑青瓷非常漂亮，称作秘色。但是迄今谁都不曾听说哪里有这种经过确实可靠的鉴定、并根据历史资料加以考证过的秘色青瓷。

　　因此，现在即便发现了铭记着世宗时代显德年号的漂亮青瓷器，由于无人拥有实物鉴定标准，又无人具有准确无误的鉴定经验，也只能对之惊喜若狂，反复观赏，却不敢妄断其是否为真正的秘色。除非具备一丝不苟、严谨细致、超群出众的鉴赏眼力，以及渊博的知识，并在此基础上掌握丰富的间接验证材料，再对这些材料作有理有据的分析论证，然后方可肯定。否则只能被认为是一家之言，实在难以得出任何结论性的意见。

　　就连"秘色"这个词的含义，后代也很少有人能说清，即使在中国也只是作些推测性的解释。所以秘色青瓷的性质究竟如何，虽有传闻，但其可靠程度尚不甚了然。"秘"是"禁秘"的秘，也即

"禁裹"之器，非"民间"之物，故称其为"秘色"，这是尽人皆知的看法。《高斋漫录》中写道："臣庶不得用之，故曰秘色。"这是最早的解释，"秘色"一词确实存在，但也许由于诗文中很少使用，我尚未见过出现这一词汇的诗歌。倒是知道有人引过唐朝陆龟蒙的诗句，但他用的是"翠色"，并非"秘色"。看来盲目相信别人的引句容易上当。我手头没有陆龟蒙的文集，很难说得确切。但我记得原句似乎是"千峰翠色"二词连在一起的，而不是千峰秘色。退一步说，就算是用了秘色一词，也只能说明秘色青瓷早在世宗以前就已问世，和传说的秘色青瓷的由来并不一致。因为陆龟蒙和皮日休都是世宗以前晚唐时期的大诗人。陆龟蒙是一个把茶道用具也放进小小扁舟中的文人雅士，他的诗句中如果使用"秘色"一词也是极为自然的，可惜事实并非如此。

不过有趣的是，日本文学作品中却清清楚楚地使用了"秘色"这个词。一是在《源氏物语》中，一是在《宇津保故事》里。毋庸置疑，这个词同其实物一样也是来自外国。它们的时代正好吻合。《源氏物语》在描写一个上层家族的零落状况时，说其家中佣人以秘色之器作饮食用具，根本不知其珍贵。凡是了解秘色青瓷的昂贵价值的人读了这一段，不能不叹服《源氏物语》的作者紫式部如此巧妙地点出了秘色之器。事实上那时名门望族的家中确有秘色之瓷，而且当时的读者恐怕也了解秘色青瓷是何等器物，因此书中才出现描写青瓷的场面。《宇津保故事》中刻画了一个有钱有势的阔财主，他不但是个愚蠢粗俗、为所欲为的地方绅士，而且是个企图仰仗金钱、权势来强占美女的家伙。故事中描写了他高傲地使用秘色之器饮酒作乐的情景。此处也提到秘色一词，实在妙极。而且说此人是筑紫地方的人，安排一个这样的人物使用进口的名贵瓷器是最恰当不过了。

总之，在为数不多的平安朝文学作品中，竟数次出现"秘色"一词，这证明当时秘色青瓷已为一般人所知，人们了解它是何等器皿，并且还说明它至少在上层社会人士中是尽人皆知的一种瓷器。

然而，秘色青瓷在其产地中国却没有文献记载，也未见某地某人保存着何种样式的青瓷的报道。仅仅传说其颜色极美、声音清亮、薄如纸片而已。我只见过这样一段记事：某人偶得残片，涂以金边银线作为装饰品加以珍爱。但它究竟是否真正的秘色青瓷呢？曾见清朝的梁某对此持怀疑态度的报道。因此可以说，秘色青瓷如同麒麟凤凰一般，已经变成纸上或者想象中的物品，变成真正令人惊叹的宝贝了。

我国的秘色之器来自外国，这是无须怀疑的。但它正像"砧"一样，几乎无人见到过，各种有关陶瓷的书籍或者宝物鉴赏著作中的有关记载也极为含糊，很难从中得出准确解释，就连高明的鉴定专家也说不出个究竟，我以为这反而证明了确有其物。

可以考证秘色青瓷传入我国的材料很多。当时我国和吴越国的交往十分频繁，远远超出现代人的想象，尤其同吴越王钱椒往来甚密。钱氏自唐末至宋初拥有广阔富庶的土地，保持了八十余年的太平，甚至从唐朝灭亡时起，先后立过天宝、宝大、宝正等年号，俨然一国之君。如果根据传说推定秘色青瓷问世时间为后周世宗显德年间，那就是西历985年左右，而吴越王是在唐昭宗时代乾宁四年，即西历897年获得有名的"金书铁券"，从而势力大振，雄踞一方的。从那时直至宋太宗太平兴国三年献纳领土为止，其间各地均处于战乱之中，独有吴越拥有大片丰饶富庶的土地，同人民共享太平。钱氏管辖的领域直到今天仍然是制瓷工业兴旺发达的地区，同时又是和日本贸易往来的要地。

因此，虽说当时日中往来是指日本和中国，实际上几乎是日本同吴越的交流。吴越王钱氏始终把同我国的睦邻友好作为重点，所以我觉得二者关系远不止《友好邻国宝物记》及《异称日本传》中所列举的几件事实，他们之间真诚地相互尊重，颇为频繁地进行了经济、文化的交流。这个情况，只要查阅一下《本朝文粹》所载后江相公为清慎公撰写的报吴越王书以及菅三品为右丞相撰写的赠大唐吴越王书即可一目了然。据文献记载，吴越首次进贡是承平五年（935），翌年复来。天德元年（957）赠金以求我叡山天台宗门之经书，天德三年（960）复派使臣来日。这是我国谁都知道的事实。

吴越王钱俶傲曾造八万四千尊舍利塔，其台座上刻着"乙卯"字样，故知是后周显德二年即（955）制造。这些塔同夏承原于显德五年，也即传说秘色青瓷问世的那年所造之舍利塔一起，直至清初还保留着。吴越王的舍利塔因清初诗人创作不少诗歌吟咏颂赞，故为人所知，而吴越王将其中五百尊赠与日本。此事见于程泌的《胜相寺记》中，书中还记载了一段逸闻：当时有个名曰转智的天竺国和尚，绰号叫纸衣道者，是个怪人，他搭乘送塔使者的船只离开日本回到了自己的故国。舍利塔是高仅十五六厘米的小塔，金粉涂饰，释迦呈修炼得道前的面相。要是瓷器，现在即便有人拿来实物说："这就是秘色青瓷！"我也只能退避三舍，不敢妄断。至于舍利塔却有充分的条件加以考证。此塔外形虽小，但是竟以五百尊之数赠与日本，也足见吴越同我国之亲密程度如何了。因而不难想象他们非但不会吝惜本国自制的浙江瓷器，而且定会将大宗陶瓷制品通过公私船只运来日本。关于"秘色"一词的含义，秘就是"秘"、"神"、"闷"之意，色虽为光彩之意，后来却用来表示单色、杂色、多色等，还可用于表示像"歌手"、"吹笛手"的"手"以及"人"、"物"等意思。所以"秘色"又可解释为"御用手物"、"宫中之物"等。原来"秘色"本身并无"漂亮的海青色"之意。

由此看来，平安时代的《源氏物语》和《宇津保物语》中出现"秘色"一词就不足为怪了。因此，我想我国历史上虽然也有过战乱时期，但比起中国来，我们那些恬静的山寺却保存了较多的古代文物，说不定那里就有已经熏黑的、不为人所识的秘色青瓷碗，或许有一天会被独具慧眼的行家发现的。假如有人说这个看法是个不切实际的梦想，那么不用说我对这一梦想是寄予莫大希望的。

不知何时出现一种倾向，一提到青瓷，人们就以为它是来自秘色，恐怕这个看法同事实是有些出入的。不错，秘色青瓷在青瓷领域内是个大飞跃，本来正因为有了青瓷，世宗才下令生产更为优美动人的品种。这同有了雄厚高大的地盘才能出现挺拔俊秀的山峰显然是一个道理。早在唐代天宝年间，就有个叫陆鸿渐的脾气暴躁的怪人，他是个茶道家兼俳谐家，对茶碗作了品评鉴定，他把越州碗评为第一，其他的依次是鼎州、婺州、岳州、寿州及洪州。另外，当时邢州已烧制出漂亮的白瓷，博得人们的赞誉。我记得连杜子美的诗中也有咏邢州白瓷之句，据说邢州瓷洁白如雪，越州瓷则以釉色透明宛如冰玉而见长，而且越州碗呈海青色。透明度高而泛青色的越州瓷又分作两种：一种略呈乳白而发暗，另一种则清晰透明。秘色青瓷正是指后者而言。总之，越州从唐代起就已经生产青瓷，并且赢得了时代的美誉。

不仅如此，查阅一下唐朝以前晋朝杜育所著的《荈赋》，其中提到越州在晋朝时就因造出饮茶用具，即漂亮的茶碗而获世人之夸赞，并且这一事实已载入史书。"荈"就是茶。杜育何许人？无史料可查，大概是晋朝中叶杜轸的同族吧。杜氏一家是晋朝一个兴旺发达的大家族。《荈赋》现已残缺不全，仅存八十六个字的逸句，它是记载有关茶叶的最古老的文献之一，而且记述的内容是在人工栽培茶叶之前，也就是从山野采集野生茶叶时代的事。因此，这篇文章自然是引人入胜的。其赋曰："月惟初秋，农功少休，结偶同旅，是采是求。"可以想见人们利用初秋闲暇，像采药者那样跋山涉谷，采摘茶叶。"荈"字现已很少用，仅用于表示晚采的茶的意思。不过由此可以懂得《荈赋》这一题目的含义。此赋的结尾处有"器择陶简，出自东隅"句。"简"是"简拣"一词中的"简"，表选择之意。唐朝人的引用句"简"字等"拣"字。这一句的意思是茶器（即茶碗）可以选择。第二句则承接前一句，说明可以采用东隅出产的器皿。这"隅"字并非"角落"的意思，它和"瓯"字相通，读音也相同。因此，中国人在引用此句时，未用"隅"字，而直接用了"瓯"字。"瓯"又通"粤"及"越"字。故"出自东隅"，就是"出自东越"，和出产于越州是同一个意思。中国古代的和现代的汉字可以相互借用，音韵也存在相通的现象。那些不理解这一点的日本人，可能认为我的解释有些牵强，实际上这绝不是我个人的附会之说。读了这段赋，便能知道越州早在晋朝时期就以出产茶碗而驰名遐迩。也可以想到既然越州和岳州的瓷器在唐代已为青色，那么晋时也有可能是青色的。因而还可以设想，自晋至唐末宋初，秘色青瓷问世的这一长时期中，青瓷的烧制技术逐渐进步，尤其到隋代出现了极其精致的含琉璃成分的窑制品。因此，毫无疑问在秘色问世之前，已经开始大量生产青瓷，而到宋朝柴周时，青瓷终于实现了一个巨大的飞跃。

❖**作者简介：** 川端康成（1899～1972），日本"新感觉派"的代表作家。主要作品有《伊豆的舞女》、《雪国》、《千只鹤》、《古都》等。1968年获诺贝尔文学奖。

花未眠

　　我常常不可思议地思考一些微不足道的问题。昨日一来到热海的旅馆，旅馆的人拿来了与壁龛里的花不同的海棠花。我太劳顿，早早就入睡了。凌晨四点醒来，发现海棠花未眠。

　　发现花未眠，我大吃一惊。有葫芦花和夜来香，也有牵牛花和合欢花，这些花差不多都是昼夜绽放的。花在夜间是不眠的。这是众所周知的事。可我仿佛才明白过来。凌晨四点凝视海棠花，更觉得它美极了。它盛放，含有一种哀伤的美。

　　花未眠这众所周知的事，忽然成了新发现花的机缘。自然的美是无限的。人感受到的美却是有限的。正因为人感受美的能力是有限的，所以说人感受到的美是有限的，自然的美是无限的。至少人的一生中感受到的美是有限的，是很有限的。这是我的实际感受，也是我的感叹。人感受美的能力，即不是与时代同步前进，也不是伴随年龄而增长。凌晨四点的海棠花，应该说也是难能可贵的。如果说，一朵花很美；那么我有时就会不由自主地自语道：要活下去！

　　画家雷诺阿说：只要有点进步，那就是进一步接近死亡，这是多么凄惨啊。他又说：我相信我还在进步。这是他临终的话。米开朗基罗临终的话也是：事物好不容易如愿表现出来的时候，也就是死亡。米开朗基罗享年八十九岁。我喜欢他的用石膏套制的脸型。

　　毋宁说，感受美的能力，发展到一定程度是比较容易的。光凭头脑想象是困难的。美是邂逅所得，是亲近所得。这是需要反复陶冶的。比如唯一一件的古美术作品，成了美的启迪，成了美的开光，这种情况确是很多。所以说，一朵花也是好的。

　　凝视着壁龛里摆着的一朵插花，我心里想道：与这同样的花自然开放的时候，我会这样仔细凝视它吗？只摘了一朵花插入花瓶，摆在壁龛里，我才凝神注视它。不仅限于花。就说文学吧，今天的小说家如同今天的歌人一样，一般都不怎么认真观察自然。大概认真观察的机会很少吧。壁龛里插上一朵花，要再挂上一幅花的画。这画的美，不亚于真花的当然不多。在这种情况下，要是画作拙劣，那么真花就更加显得美。就算画中花很美，可真花的美仍然是很显眼的。然而，我们仔细观赏画中花，却不怎么留心欣赏真的花。

　　李迪、钱舜举也好，宗达、光琳、御舟以及古径也好，许多时候我们是从他们描绘的花画中领略到真花的美。不仅限于花。最近我在书桌上摆上两件小青铜像：一件是罗丹创作的《女人的手》，一件是玛伊约尔创作的《勒达像》。光这两件作品也能看出罗丹和玛伊约尔的风格是迥然不同的。从罗丹的作品中可以体味到各种的手势，从玛伊约尔的作品中则可以领略到女人的肌肤。他们观察之仔细，不禁让人惊讶。

　　我家的狗产崽，小狗东倒西歪地迈步的时候，看见一只小狗的小小形象，我吓了一跳。因为它的形象和某种东西一模一样。我发觉原来它和宗达所画的小狗很相似。那是宗达水墨画中的一只在春草上的小狗的形象。我家喂养的是杂种狗，算不上什么好狗，但我深深理解宗达高尚的写实精神。

　　去年岁暮，我在京都观赏晚霞，就觉得它同长次郎使用的红色一模一样。我以前曾看见过长次郎制造的称之为夕暮的名茶碗。这只茶碗的黄色带红釉子，的确是日本黄昏的天色，它渗透到我的心

世界散文精品集丛书

中。我是在京都仰望真正的天空才想起茶碗来的。观赏这只茶碗的时候，我不由地浮现出坂本繁二郎的画来。那是一幅小画。画的是在荒原寂寞村庄的黄昏天空上，泛起破碎而蓬乱的十字形云彩。这的确是日本黄昏的天色，它渗入我的心。坂本繁二郎画的霞彩，同长次郎制造的茶碗的颜色，都是日本色彩。在日暮时分的京都，我也想起了这幅画。于是，繁二郎的画、长次郎的茶碗和真正黄昏的天空，三者在我心中相互呼应，显得更美了。

那时候，我去本能寺拜谒浦上玉堂的墓，归途正是黄昏。翌日，我去岚山观赏赖山阳刻的玉堂碑。由于是冬天，没有人到岚山来参观。可我却第一次发现了岚山的美。以前我也曾来过几次，作为一般的名胜，我没有很好地欣赏它的美。岚山总是美的。自然总是美的。不过，有时候，这种美只是某些人看到罢了。

我之发现花未眠，大概也是由于我独自住在旅馆里，凌晨四时就醒来的缘故吧。

世界散文精品集丛书

❖**作者简介：**国木田独步（1871～1908），日本作家。代表作有小说《源叔父》、诗集《独步吟》和散文《武藏野》等。

武藏野

一

我曾经在一册文政年间出版的地图集里看到这样的记载："武藏野之遗迹，今只能在入间郡约略见之。"同一本地图集里又说，入间郡之"小手指原久米川一带为古战场所在。据《太平记》所载，元弘三年 5 月 11 日，源氏与平氏战于小手指原，一日之内交锋达三十余次。日暮，平氏退三里，倚久米川布阵，翌晨，源氏进逼，破平氏阵于此。"我心里在想，仅存的武藏野遗迹，莫非就在这一片古战场附近？因此很想到那里去看看；至于一直迟迟未去。事实上是因为心里还在怀疑：现在这个地方是否还是那个样子。无论如何，即使这一片只能根据前人的图画和诗歌来想象的武藏野现在已经成了遗迹，但抱有想去看一看的愿望的，恐怕也不只我一个人吧？那时候的武藏野，现在到底成了什么样子啦？我想为自己详细解答这一问题，这个念头事实上在一年之前就已有了，不过今天更感到急切啦。

我是否能以自己的力量来达到这一愿望呢？我不说不能。正因为相信这件事并不容易，我对今天的武藏野就愈发感兴趣。我相信，和我有同感的人恐怕也不少。

几句序言道过，现在，为了满足我一小部分的夙愿，就让我来描述一下自秋至冬这一时期我的见闻和感受吧。首先，我给自己的疑问所下的一个答案是：今天的武藏野，其美丽的程度，并不下于古代的武藏野。不用说，如果我能亲眼见到古代的武藏野，它一定美丽得超乎我的想象；现在我所看到的武藏野也是如此之美，以致使我感动得非夸张地来写下自己的答案不可。我对武藏野用了一个"美"字，实际上，与其说"美"，倒不如说"诗趣"更来得恰当。

　　由于我手头没有足够的材料，这里就让我拿自己的日记来做依据吧。自明治二十九年的初秋至翌年的初春，我住在涩谷村一间小小的茅舍里。我想写武藏野的愿望正是那时候开始的，而仅限于写秋冬之间的事情，其原因也就在此。

　　"9月7日：昨今两日，南风劲强；云层忽开忽闭，细雨忽降忽止。日光偶尔透过云隙，倏忽间树林亦闪闪发光。"

　　这就是今天武藏野的初秋。树林子绿油油的，虽然还是夏天的打扮，但天空却已不是夏天的模样。乌云随着南风飞驰，武藏野的天空低低的。不时地洒着雨滴。在晴朗的时刻，带着水汽的阳光沐浴着那边的树林，照亮着这边的小树丛。我常常这样想：如果能在这样的日子里看一看武藏野，那将是多么的美啊！雨天之后，我又在9日的日记里写道："强风使秋声遍野，浮云亦变幻不定。"这时候正好接连都是这种天气，天空和原野不断地变化着，阳光虽然还像夏天，但云色和风声，却已经像是秋天了。我对此真是感到趣味无穷。

　　现在，就把我从秋初至冬末的日记排列出来，看看这一时期千变万化的武藏野景色。

　　"9月19日：早晨。天阴，风止，雾冷，露寒，虫声唧唧，天地仿佛尚未醒来。

　　"同月21日：秋空一碧如洗，树叶光耀如火。

　　"10月19日：月色明，林影黑。

世界散文精品集丛书

"同月 25 日：早晨重雾，午后放晴，入晚月光见于云隙。晓雾未散时出门，漫步于原野，徘徊于林中。

"同月 26 日：午后赴树林深处小坐，四顾，倾听，凝视，默思。

"11 月 4 日：天高气爽。薄暮，独自迎风立于原野。天外富士，近在目前；地平线上群山围绕，宛如一条黑链。星光点点，暮色渐近，林影渐远。

"同月 18 日：踏月散步，青烟漫大地，林中月光碎。

"同月 19 日：天朗气清，露水寒。绿树稀疏，黄叶满目，枝头小鸟噪鸣。信步漫游近郊，一路人影绝迹。独自漫步，默思低吟。

"同月 22 日：深夜，林中风声急。水声滴答，但大雨似已止息。

"同月 23 日：一夜风雨，遍地树叶。田禾收割已尽，满眼冬枯景象，倍觉凄凉。

"同月 24 日：树叶尚未脱尽。眺望远山。满怀悲戚。

"同月 26 日，夜十时：户外风狂雨急，檐前滴水相应。竟日间烟雾迷蒙，山野林木，如入无尽之梦境。午后，携犬出游。步入林中默坐，犬亦小眠。林间小溪，迂回出没，落叶飘浮，逐波而下。秋雨时断时续，雨滴洒入林中，枯叶上水声滴答，分外寂寥。

"同月 27 日：昨晚一夜风雨，今晨意外放晴。红日高升。登屋后小丘，遥望富士山一片雪白，耸立于群山之上。风清气澄。

"盖已为初冬之晨矣！

"田畦蓄水满溢，林影倒悬。

"12 月 2 日：今晨霜白如雪，在朝阳中闪闪发光，美极！不久薄云渐聚，日光寒冷。

"同月 22 日：初雪。

"三十年 1 月 13 日：深夜。风止，林寂。飞雪时断时续。掌灯探身窗外，雪花在灯影中飞舞。噫，武藏野默无声息！侧耳倾听，似有风声自远处林中传来。真乃风声耶？

"同月 14 日：今晨大雪。葡萄棚倒塌。入夜，远处树梢沙沙作响，隐约可闻。噫，此即冬夜呼啸于武藏野森林中之寒风乎！雪融，檐水滴嗒有声。

"同月 20 日：晓色美妙。晴空无云。地上霜柱，闪烁如白银。枝头嫩芽苞发如针，小鸟婉转噪鸣。

"2 月 8 日：梅花初放。月色渐美。

"3 月 13 日：夜十二时，月斜风急，密云满布，林中风涛怒鸣。

"同月 21 日：夜十一时，屋外风声忽近忽远。早春袭来，寒冬敛迹。"

三

昔日的武藏野原是一片漫无边际的萱草原，景色优美无比，一直受到人们的颂赞，相传不绝。可是，今天的武藏野则已变成一片森林。甚至可以说，森林就是武藏野的特色。一讲到树木，这里主要是楢类。这种树木在冬天叶子就全部脱落，一到春天，又发出青翠欲滴的嫩芽来。这种变化，在秩父岭以东十几里的范围内，完全是一样的。通过春、夏、秋、冬，每逢霞、雨、月、风、雾、秋雨、白雪，时而绿荫，时而红叶，呈现着各种各样的景色，其变幻之妙，实非住在东北或西部地方的人们所能理解。原来，日本人对楢这一类落叶林木的美，过去似乎是不太懂得的。在日本的文学以及美术中，也没有见过像"楢梢林深处听秋雨"这一类描写。像我这样一个出生在西部地方的人，自从少年时来到东京上学，到现在虽然已经也有十年了，但能够理解到这种落叶林木的美，却还是最近的事情，而且也还是受了下列这一段文章的启发：

"秋天，九月半左右，我坐在白桦树林里。从早晨起就下细雨，又常常射出温暖的阳光；这是阴晴不定的天气。天空有时弥漫着轻柔的白云，有时有几处地方忽然暂时开朗，在拨开的云头后面露出青天来，明亮而可爱，好像一只美丽的眼睛。我坐着，向周围眺望，倾听。树叶在我头上轻轻地喧噪；仅由这种喧噪声，也可以知道现在是什么季节。这不是春天的愉快而欢乐的战栗声，也不是夏天的柔和的私语声和绵长的絮聒声，也不是晚秋的羞怯而冷淡的喋喋声，而是一种不易听清楚的、沉沉欲睡的细语声。微风轻轻地在树梢上吹过。被雨淋湿的树林的内部，由于日照或云遮而不断地变化；有时全部光明，仿佛突然一切都微笑了：不很繁茂的白桦树的细干突然蒙上了白绸一般的柔光，落在地上的小树叶突然发出斑斓的纯金色的光辉，高而繁茂的凤尾草的优美的茎，无限制地交互错综地显示在你眼前，它们已经染上秋色，好像过熟的葡萄的色彩；有时四周一切忽然又都变成淡蓝色：鲜艳的色彩忽然消失了，白桦树都显出白色，全无光彩地站着，这白色就同还没有被冬日的寒光照临过的、新降的雪一样；于是极细的雨偷偷地、狡狯地开始在树林里撒布下来，发出潇潇的声响。白桦树上的叶子虽然已经显著地苍白起来了，还差不多全是绿色的；只有某些地方，长着一张全红的或全金的嫩叶，太阳光突然穿过了新近由明亮的雨洗净的细枝的密网而溜进来，斑斓地发光，这时候你就可以看见这张嫩叶在日光中鲜明地闪耀。"

以上是二叶亭四迷翻译的屠格涅夫的短篇小说《幽会》中开头的一段，我之所以能够懂得这种落叶林木的妙趣，大部分是得力于这篇绝妙的叙景文的笔法。虽然那只是俄国的景色，写的也是桦树，而武藏野的树林却是楢树，在植物学上属于完全不同的类目，但在落叶林这一点上，两者是相同的。我常常这样想：如果武藏野的森林中不是楢树而是松树或其他树木，那色彩就不会有这样的变化，因而显得非常平凡，也就没什么珍贵了吧。

正因为是楢树，所以叶子才会发黄；正因为叶子会发黄，所以才会有落叶。秋雨霏霏，疾风飒飒。一阵狂风掠过，小丘上万片树叶迎空飞舞，犹如一群群小鸟似的，一直向远处飞去。等到树叶落尽，绵亘数十里的森林，一下子都变得光秃秃的；冬天的苍穹高高地罩在上面，武藏野堕入了一片沉寂。空气也更清爽了。来自远处的声音也能清楚地听见。我在 10 月 26 日的日记中，曾记述道："赴树林深处小坐，四顾，倾听，凝视，默思。"而在屠格涅夫的《幽会》中，也同样有着"我坐着，向周围眺望，倾听"的描述。这种侧耳倾听，是多么适合于武藏野自秋末至冬初时的气氛啊。秋天，声音发自林中；冬天，声音来自树林外的远方。

鸟儿拍着翅膀的声音和鸣啭的声音。风的私语、低鸣、呼啸和咆哮声。群集在树林深处、草丛下面的秋虫的唧唧声。满载的或是空的运货车绕过树林、走下山坡或是横过小路时的声音；还有马蹄踩得落叶四散的声音，这可能是骑兵演习中的侦察兵在附近走过，再不然就是外国人夫妇乘马出游经过这里。正在高声谈论着什么的村人们走过这里，那嘶哑的语声跟着也渐渐远去。一会儿又是什么女人的脚步声，她凄然一身，寂寞地急步前行。有从远处传来的炮声，也有邻近的林子里突然响起来的枪声。我有一次曾携犬来到附近的树林里，坐在树墩子上读着书，突然听到树林深处有什么东西掉下来的声音。睡在脚边的狗也尖起耳朵向那边注视着。但就是这么一声。大概是栗子从树上掉下来的声音吧，武藏野的栗树也很多哩。每当秋雨潺潺的时候，真是再也没有比这里更幽静的了。山村秋雨——这素来就是我国"和歌"中的题材。在广阔无边的原野里，秋雨从这一头飘到那一头，它悄悄地穿过森林、树丛，扫过田野，又越过树林，声音是那么低幽，又是那么昂扬，这种温柔和令人怀念的声音，实在是武藏野秋雨的特色吧。我也曾在北海道的树林深处遇到过秋雨，那是在人烟绝迹的大森林里，气魄当然更为雄壮。但是，像武藏野的秋雨那样，仿佛在低声私语而令人不胜缅怀的情趣却是没有的。

试在仲秋以至冬初之间访问一下中野一带或是涩谷、世田谷、小金井等处的树林子，在那里小坐片刻，恢复一下散步的疲劳吧。那些声音忽起忽止，渐近渐远，即使没有风，头顶上一片片落叶飘下来也会发出低微的声音。如果连这种声音也没有时，你也会深深地感觉到大自然的那种肃静，和永久不息的呼吸的吧。我在日记里屡次写到武藏野的隆冬，在星斗满天的深夜里，那种连星星都能被它吹落下来的狂风扫过森林时的声音。风的声音可以把人的思想带到老远老远去。我听着这种强烈的、忽近忽远的风声，也就想到了亘古及今武藏野的生活。

在熊谷直好的和歌中就有着这样的句子：

万叶萧萧彻夜听，

微风潜度几曾停。

我对山村生活虽然也有所体会，但对这首诗能有更深的感受，那确实还是冬天在武藏野村居住时的事情。

坐在林中，日光使人感到最美的是从春末以至夏初的时候；我不准备在这里写了。现在，只是再说一下黄叶的季节。在半黄半绿的林中散步，从树梢之间的缝隙中可以望见澄碧的天空。随着树叶在风中摇动，射进林子里来的太阳光也斑斑点点地撒在树叶上。这种美，真是不能以言语来形容的。像日光啦，礁冰啦，都可以算得是名闻天下的胜地；可是，武藏野在夕阳西下之际，那原野上广阔的森林被染得通红，犹如一片火海一般；这种美，难道不是也有它独特之处吗？如果能登高极目，把这种奇观尽收眼底，那当然是再好没有；但即使不能这样做也没有关系，好在原野上的景色比较单纯，人们也不难从看到的一部分来想象那整个无限美好的光景。在这样默想时，如果再面对夕阳尽可能踏着黄叶漫步前行，那是多么的有趣啊！一出树林，也就来到原野上了。

四

在 10 月 25 日的日记中，我曾写道："漫步于原野，徘徊于林中。"11 月 4 日我又这样写道："薄暮，独自迎风立于原野。"现在，让我再来引用几句屠格涅夫的话：

"我站了一会儿，拾起了那束矢车菊，走出林子，到了旷野里。

太阳低低地挂在苍白而明亮的天空中，它的光线也似乎苍白而发冷了：它们没有光辉，它们散布着一种平静的、像水一般的光。离开黄昏不过半个钟头了，但是晚霞稀少得很。一阵阵的风通过了黄色的、干燥的谷物残株，迅速地向我吹来；卷曲的小树叶在这些残株面前匆忙地飞舞起来，经过它们，穿过道路，沿着林端飞去；树林的一面像墙壁一般向着旷野，全部震颤着又闪耀着，小小的光点非常清楚，却不耀目；在发红的植物上，在小草上，在稻草上，到处都有秋蜘蛛的无数的丝闪烁着，波动着。我站定了……我觉得悲哀；通过了凋零的自然景物的虽然新鲜却不愉快的微笑，似乎有不远的冬天的凄凉的恐怖偷偷地逼近来了。一只小心的乌鸦，高高地在我头上用翅膀沉重而剧烈地划破了空气飞过去，它转过头来，向我斜看一眼，向上翱翔，断断续续地叫着，隐没在树林后面了；大群的鸽子从打谷场敏捷地飞来，突然盘成圆柱形，迅速散落在田野中——这是秋天的特征！有人在光秃秃的小丘旁边经过，空马车大声地响着……"

　　这虽然是写的俄罗斯的原野，但我们武藏野秋天以至冬初时的景象，大致上也是如此。武藏野绝对没有光秃秃的山丘，但它也像大海里的波浪那样有着高低起伏。它外表上虽然也像是一片平原，但实际上倒不如说它是一片有着低洼的溪谷的高地更适当一些。这种溪谷的尽下边一般都是水田，旱田则主要都在高地上。高地又可以区划成为树林和旱田等等，而所谓原野，也就是指的这些旱田。至于树林，也没有一处是广达数里的，不，恐怕连一里宽的树林也是没有的。同时，那种一望数里、连绵不断的旱田也是没有的。大致的情形是，在一座树林的周围都是旱田，在一顷旱田的三面又都是树林，而那些农家就散在其间，把它分割开来。这也就是说，原野啦，树林啦，都是杂乱地互相交错着的。一个人刚才觉得已经走进树林，立刻又会发现已经到了尽头而来到原野里了。这种情形事实上为武藏野赋予了一种特色；大自然就在这里，生活就在这里。

它不同于北海道那种天然的原始大森林和大原野，而是有它独特的趣味的。

一到稻熟的时候，谷地里的水田就渐渐变成了金黄色。等到稻子割完，水田里可以看到那些树林的倒影时，萝卜田里也就繁茂起来。等到萝卜慢慢地拔完，这里那里的可以看到一处处小水洼或是细细的水流时，原野里的麦子又已经吐出青青的嫩苗了。也有些麦田的一端是随便地荒弃着，让那些乱草野菊在风中摇曳。那一片芦苇的尽头处也愈来愈高，和天际相接。踮起脚尖走上去一看，但见树林的尽头处直连着国境线上的秩父诸峰；黑糊糊的山峦起伏着，一会儿耸出于地平线之上，一会儿又没入于地平线之下。那么，现在就到旱田里去看看呢，还是躺在麦田那边的萱草原上，借着一堆堆枯草避开凛冽的北风，面向南方承受着那微温的阳光，眺望一会儿田边的林木在风中摇摇晃晃的闪光呢？再不然就一直向那通往树林的小路走去呢？我常常就这样犹豫着。感到困惑了吗？决不，因为我从自己的经验中知道：纵横在武藏野的无论哪一条道路，都不会使我失望的。

五

曾经有一位朋友从乡下写信给我，其中有一节这样说："前些日子我独自在满是萱草的原野上漫步沉思，想起从几百年前的古代开始，有多少人曾经同样地在这纵横贯通的十几条小径上漫步，低吟着'朝露之清爽可爱兮，晚霞亦明媚而动人'的赞歌；互相憎恨的人各自沿着不同的路径独自前行，相好的人则在同一条小路上携手向归。"在那种原野的小径上漫步也许是可能引起这种诗意的想象的，但武藏野的小径却又和这不同。在这里就有这种事情：满以为走这条路可以遇到希望见面的人，可又偏偏不相逢；满以为走那条路可以避开不希望见面的人，可又偏偏会在树林的转角上碰个照面。这里，凡是可以称之为路的，都是左弯右转，穿过树林，横过原野，

世界散文精品集丛书

有的看来直得像条铁路一样，但实际上都是迂回曲折，有时甚至有从东边出发走了半天仍旧回到了东边的事情。那些道路忽儿隐藏在树林里，山谷里，忽儿又出现在原野上，忽儿又没入树林里，像普通平原上那样在这一条路上可以看到另一条路上的人影的事情，在武藏野是不常有的。像武藏野那样富有诗意的小路，真是在别处的原野里所想象不到的。

在武藏野散步不必担心会迷失路途。在任何一条道路上信步走去，到处都有着值得你看，值得你听，或是值得你感动的事物。只有在这千百条纵横贯通的小径上漫步的人，才能真正领会到武藏野的美。不论是春、夏、秋、冬，或是清晨、白昼、傍晚、深夜，不论是在月下、雪中、风前，或是在下雾、结霜、飘雨以至秋雨绵绵的时候，只要在这些小路上茫然前行，随意地左转右弯，那么，到处都有着足以给我们满足的事物。这实在是武藏野最大的特色吧，我深深地有着这样的感觉。在日本，除了武藏野以外，哪里还有这样的地方呢？北海道的原野不必说了，就是在奈须野也没有这种地方，此外还有什么地方呢？树林和原野如此交织，生活和自然如此密切地结合，像这样的地方，哪里还有呢？事实上，武藏野所以会有这种具有特色的小路，原因也就在这里。

如果你走在一条小路上，忽然来到一处这条小路分成了三条的地方，那你也用不着困惑，只需把你的手杖直立在地上，然后把手松开，但看它倒向哪方，那你就朝着这个方向前进吧。这条路也许就会把你引导到一个小树林里去。如果这条路到了林中又分成两条，那你就试挑其中较小的一条走吧，它也许会把你领到一个奇妙的去处。可能那是树林深处的一块古老的坟地，一排四五个满是青苔的坟墓，前面还有一块小小的空地，两旁尽是缬草花之类的野花。要是头顶上树梢头还有小鸟在歌唱，那更是你的幸福了。接着你不妨折回来试试左面的一条路，它会把你引导到树林的尽头，眼前忽然开朗，展现出一片空旷的原野。脚边是一片萱草在微风中轻摇软摆，野草的花蕾在阳光下闪闪发光。萱草的那边是田地，田地的那边是一丛丛茂密的矮树。从那矮树丛的顶上望过去，远远的是一片杉木小林，地平线上堆着淡淡的云彩，在它的笼罩下，隐约可以看见起伏不断的山峦。十月小阳春的日光带着些微暖意，令人舒畅的野风微微地吹着。如果顺着那一片萱草向下走，刚才看到的那一片空旷的景色就会渐渐地隐没不见，这时候你就来到了那个小小的山谷里，并且出乎意料地发现在萱草和树林之间还隐藏着一些狭长的池塘。那水色是这样的清澄，明晰地倒映着飘浮在天空里的片片白云。水塘边上还残留着一些枯萎的芦苇。顺着水边的小径再走一会儿，前面的道路又分成了两条。右面是树林子，左面是斜坡。你多半是从斜坡向上走的吧。来到武藏野散步的人，总是喜欢捡更高更高的地方走去，以便找寻一处可以眺望得广阔一些的地方，可是要达到这个愿望却不容易。那种可以居高临下地远眺的地方是绝对没有的。这个念头还是及早放弃的好。

如果你因为有什么必要而想打听道路时，你就去问那些在田地中央劳动的农夫吧。要是那农夫是四十以上的人，你不妨就提高了嗓子向他请教，他大概也会吃惊地向你这边看着并且大声地回答你的。假定那是一位少女，那你就得走近一些，低声地向她请教；如果那是一位年轻小伙子，那你就得脱下帽子，态度放谦虚一些；他回答你时的声调也可能有些傲慢，但你可千万不能就此恼怒，因为那只是东京近郊的年轻小伙子们的习惯罢了。

依着他们指点你的方向往前走去，路又会分成两条。即使他们所指点的那条小径如此狭窄而使你感到有些疑虑，但还是沿着这条路走吧，你很可能突然就来到一个农家的院子里。"那可真是奇怪啦，"——你也用不着这样惊讶。这时候，你就向这个农家的主人问一声吧。他大概就会这样冷冷地回答你："出了大门就是道路啦！"走出农家的大门，果真就是一条仿佛认得的道路，不错，这是一条捷径，你禁不住就会露出微笑来。这时候，你才真正体会到应该向指点你的人表示感谢呢。

　　这是一条笔直的林间小路。可能一连半公里光景两旁的树木都已满是黄叶。在这条小径上独自静静地走着，那是多么愉快啊！夕阳的余晖鲜明地照射在右面的树梢头，四周一片寂静，只是不时听见叶子落下来的声音。前前后后，不见一个人影，一路上不会遇见任何人。如果那是树叶落尽的时节，那小径也就被埋没在落叶下面，每走一步，脚下就发出"咔嚓""咔嚓"的声音。向前望去，可以清楚地看到树林深处，树梢犹如一个个纤细的针尖似的指向着天空。这种时候更不容易遇见人，更寂寞了。只有自己踩着落叶时发出清脆的脚步声，不时地有一只雉鸠拍着翅膀吃惊地飞开去，使你感到惊异不止。

　　如果沿着原路回去，那就有些愚蠢了。即使迷失了路途，也还是在武藏野的范围以内啊。虽说时间也许晚了，但也用不着困惑。要回去，只需大致上确定一个方向，选一条别的道路，随便地漫步而行，那就最妙不过了。这样，可能就会在无意之中欣赏到落日的美景。太阳藏在富士山背后，将落而还没有全落。富士山的山腰里聚集着染成了黄金色的云彩，眼看着它不断地变幻出各种各样的形状。顶上覆盖着白雪的山峦连绵不绝，远远地迤逦北去，最后又隐没在暗淡的云彩中。

　　夕阳西沉，原野上吹起了强烈的风，树林在呼啸。武藏野的薄暮，寒意彻骨。这时候，你就可以加快脚步了，再回头时，想不到新月已经爬上了枯林的树梢，放射着瑟瑟的寒光。风仿佛要把月亮从树梢上吹落下来似的。突然，你已来到旷野里了。这时候，你大概就会想起那名句来：

　　暮霭笼罩着群山，

　　黄昏的原野里，

　　秋草暗淡。

　　这已是三年前的夏天的事情了。我和一个友人出了市内的寓所，从三崎町车站搭车到境站下车，一直向北步行半公里光景，前面是一座名叫樱桥的小桥。走过小桥就是一家小茶馆，那里的老板娘看到我们，就问道："这时候，上这儿来干什么啊？"

　　我和朋友相互看了一眼，笑着答道："散步啊，随便玩玩就是了。"老板娘还以为我们是骗她哩，笑着问我们说："樱花是在春天开放的啊，这也不知道吗？"我把夏天在郊外散步是多么有趣的事尽量用老板娘也能懂得的话来说给她听，可是没有用处，她只说了一句"东京人真悠闲"就算啦。我们一面擦汗，一面吃着老板娘为我们削好了皮的甜瓜。茶馆侧面流着一泓一尺来宽的小溪，我们用这水洗着脸，就在那里伫立了一会儿。这条小溪里的水似乎是利用小金井的水引过来的，清澄的溪水在青草之间潺潺地流着，给人一种心神舒畅的感觉。小鸟飞到这里停下来，拍着翅膀唧唧喳喳地叫着，似乎想用这里的溪水来润一润它们的歌喉。可是，老板娘对这些都没有感觉，只知道朝朝暮暮地用这溪水洗刷着她的锅瓢碗盏。

　　走出茶馆，我们在小金井堤上向着小溪的上流慢慢地走着。啊，那天的散步是多么的愉快啊！不错，小金井是以樱花著名的，因此，盛夏时节在这堤上悠悠然地散步，在别人看来也许是有些傻；可是，也只有那些不懂得武藏野夏天的阳光的人，才会说这种话。

　　天空里涌现出蒸热的云层，重重叠叠，云上面还有云；云块和云块之间的空隙里，可以望到高高的苍穹。云块和苍空接连处的边缘上，镶着一线既不像白银，又不像白雪的难以形容的颜色，它是多么轻淡，纯白而又透明。从这里看蔚蓝的天空也就显得更是深远了。但单是这一些，还不能说是夏天的景象。在云块和云块之间，还迷漫着一种仿佛是混浊的烟霞似的东西，使整个天空显得参差不齐，错综复杂，变幻莫测，动荡不已。劈开云层射下来的光线和从云层里放射出来的阴翳，这里那里的交叉着，空中的什么地方蕴含着一股磅礴的气势。林木，树梢，以至草叶的末梢，一切都溶化在光和热里，懒洋洋，昏昏沉沉，迷迷糊糊，醉醺醺的。树林的一角犹如笔直地被劈开了似的，从那儿看得见一片广阔的平原。旷野里，只见游丝飘飘上升，看一会儿，眼睛就花了。

　　我们擦着汗，忽儿仰面望望天空，忽儿回头窥探一下树林深处，忽儿又眺望一下林木和天空接连的地方，喘着气在堤上寻路前行。受不住了吗？哪里！我们只感到身体非常健康。在这三里的长堤上，几乎没有看到一个人影。难得从农家的院子里，或是从草丛中，会突然走出一只狗来，它惊讶地向我们看看，打了一个呵欠，于是又躲起来了。靠近树林的边缘处，雄鸡高高地拍着翅膀，它那喔喔的啼声，在米仓的墙壁、杉木、树林以及灌木丛的包围中，听来非常响亮。堤岸上，也有着一簇簇的鸡群，在樱花树下嬉戏着。顺着那条笔直的流水向上游望去，远远地看见那源头处仿佛撒上了一片银色的粉末似的，渐渐地消失在阴影中了。这条小河流到我们附近时，河水又闪闪地放着光亮，箭也似的直奔而下。我们站在一座桥上，把这条河流的源头和下游做着比较，只见随着光线的忽明忽暗，河水也起着妙趣无穷的变化，水面上突然地显得阴暗了，原来天空里的云彩也和流水一样飞驰而来，转瞬之间已经到了我们的头顶上，它稍稍地停留一下，又很快地向横里散开去了。不一会儿，水面上又发出了炫目的光亮，两岸的树林，堤上的樱树，犹如雨后的青草一般，放出了鲜绿的光彩。桥下面，流水的声音真是优美得无法比拟，它既不像激流在拍打着两岸，也不像浅滩上的潮声。这是水量很大的河水在通过两壁尽是粘土质的深沟时，由于互相击撞、互相糅合而自然地发出来的声音，它是多么令人神往啊！

　　——让我们唱一支边塞的民歌，

　　来配合这优美的水声；

　　或者就用这支歌曲，

来歌颂夏天的中午。

我想起了这样一节诗句，简直还想四下里打量一下，有没有一位 72 岁的老翁带着一个孩子坐在樱树下哩。还有那些零零落落坐落在这条流水两旁的农家，我感到住在里面的人们是多么幸福啊。当然，戴着草帽、拿着手杖在这堤岸上散步的我们，也是幸福的。

七

当时和我一起在小金井的堤岸上散步的朋友，现在已经到地方上去当审判官了；他在读过我上述的笔记以后写了一封信给我。为了方便起见，我感到有必要在这里引用一下。

"武藏野并不就是俗称关八州的原野，也不是道灌遇雨时以棠棣之花来代替雨伞的有历史意义的原野。我对武藏野有着我自己规定的一个界限。这正如国境或是其村境的界限往往是用山脉啦、河流啦、古迹啦，或是其他种种东西来规定一样，我对武藏野的界限，是从下列各方面来考虑的。

"我所指的武藏野的范围里，也包括东京，其实它当然是不能算进去的。因为今天的东京街衢纵横，这里有农商部的巍峨大厦，有审判过铁管事件的法院，从这密如蛛网的街道来看，那是无法想象古代的面貌的。我最近认识的一位德国妇人曾把东京评为'新都市'，尽管它过去是德川时代的江户，根据它今天的情形来看，她的评语是有理由可以认为适当的。正因如此，东京非从武藏野的范围里剔除不可。

"可是，市区的边缘——也就是所谓郊区，却是绝对不能剔除的。以我的看法，如果要描绘出武藏野的诗趣，就不能不把这些郊区作为题目之一。例如，你所居住的涩谷区的道玄坂附近，目黑区的行人坂，还有你和我一起经常去散步的地方——早稻田的鬼子母神附近的街道，以及新宿、白金……

"同时，要领略武藏野的趣味，那就不能单从这块平原上去眺望富士山、秩父山脉、国府台等等，而是必须再回过头来眺望一下包围在平原中央的首都东京，因此也有必要再描绘一下这个城市以外三五里的平原景象。在你那篇文章里，也提到了生活和自然有着密切的结合，而且你还描写了不时地遇到形形色色的东西的趣味，那情景确实是这样的。我也曾有过这样的事情：我带着舍弟到多摩川去旅行时，走了一二里之后，再走上半里就出现了一排排房屋，忽隐忽现，走过一处又是一处；我们一会儿遇见了人或是其他动物，一会儿又只见一片草木；我们都觉得，由于有这种变化，处处点缀着生活的趣味，很有意思。为了把这种趣味描绘出来，就必须描写出散在武藏野平原上的一个个驿站——即使够不上驿站，也要描写一下那一排排的房屋，也就是制图家的术语所说的那种连檐房。

　　"而且，多摩川也无论如何不能不包括在武藏野的范围以内。我们的祖先曾经为这条河流起了'六五川'等等的名字，但不管怎样，比武藏野这条多摩川更美的河流，哪里还能找得出呢？正如首都东京和郊外连接的地方一样，这条河流与平坦的田地和低矮的树林连接的地方那种趣味，真是包含着无穷的意义。

　　"再考虑一下东边那一片平地吧。这里由于特别开阔，水田很多，地平线略微低一些，因此似乎是不算在内的，但它终究还是武藏野的范围。从龟井户的金丝崛附近开始，到木下川一带为止，水田、树林和茅屋相映成趣的情景，都说明了它是武藏野的一部分。尤其是富士山的景色更能清楚地证明这一点：只有从这里遥望富士，它才能显得如此的崇高，就仿佛我们站在逗子的羊肠小道上眺望它时一样。筑波的景色也能说明这一点：只有从这里眺望筑波，它才能显得如此的低远，使人感觉到这正是位于关八州的一个角落里的武藏野的气息。

　　"可是，在东京的南北两面，武藏野的领域却是非常狭小，甚至可以说完全没有。这原来是地势使然，同时因为这里有铁路通过，也就是说，'东京'是以这条铁路线来贯穿武藏野而直接和其他范围接连的。无论如何，这是我的感觉。

"所以，我对武藏野的范围是这样看法的：首先，从杂司谷开始画一条线，它通过板桥的中仙道的西侧，直达川越的附近，把你在第一章中所说的入间郡包括在内，最后又弯到甲武线的立川车站为止。在这个范围以内，像所泽、田无等车站，是多么妙趣无穷呀……尤其是在夏天，四周都变成深绿色的时候。从立川开始，以多摩川为界，一直下来到达上丸附近。八王子是绝对不能划入武藏野范围内的。从丸子又回到下目黑，在这个范围里，布田、登户、二子等地又是多么妙趣无穷呀。以上说的是西半边。

"东半边则从龟井户附近开始，经过小松川，再从木下川绕过崛切，一直来到千住附近为止。对这个范围如果有异议，那就取消也可以。不过它确实也具有一种和武藏野并无不同的趣味，这一点已在上面奉告了——。"

八

我对上述意见毫无异议。尤其是对提出东京郊区来作为写作的题材这一点，更是非常同意，而且自己也曾经有过这种想法。把东京郊区作为"武藏野"的一部分。听来也许有些新颖，实际上倒并不奇怪，正如一个人在描绘大海时把浪花所冲刷的海滩也描绘进去，是一样的。不过关于这一点我打算留在以后再说，现在先来继续谈谈我们在小金井堤上的散步，首先是讲一下现在的武藏野的河流。

第一是多摩川，第二是隅田川，我想充分地描写的当然是这两条河流；但这些也放在以后再说，现在只谈一谈流过武藏野的那些河流。

小金井的河流，就是其中的一例。它们在东京近郊流过千驮谷、代代木、角筈诸村之间，然后经由新宿而注入四谷的上游。自井头池、善福池流来的水是注入神田的，有流过目黑附近而注入品海的，有经过涩谷一带而止于金杉的。此外，也还有许许多多不知名的小

世界散文精品集丛书

渠细流。如果这些小河是在别的地方，也许看不出什么特别的妙处，但在武藏野，它们却不管平地高岗，绕过森林，横贯旷野，忽隐忽现，迂回曲折（除了小金井以外），不论春夏秋冬，都各自有其妙处而使人神往。我也许是因为生长在多山的地方，自小看惯了那些水色透明的大河吧，在开始接触到武藏野的河流时，看到除了多摩川以外都是混浊的，因而很有些不快的感觉；但等到渐渐地习惯之后，却又觉得倒还是这种略带一些混浊的流水，对平原的景色最为合适。

记得在四五年前，有一次我和那位朋友在夏天的夜晚到近郊去散步。月白风清，原野和树林仿佛都蒙上了一层白纱似的，真是一个难以形容的良夜。这是晚上八点钟左右，我们在神田水渠上游的一座桥上走过。那里聚集了四五个农民，凭着桥栏说说笑笑的，还唱着歌。其中还有一位老爷爷，也不时地跟小伙子们一起谈着，唱着。在皎洁的月光之下，这些光景朦朦胧胧地被勾划在一个椭圆形里面，真像是一节田园诗一样。我们也走进了这一幅图画，和那些人一样倚着栏杆，欣赏着这一轮明月。但见它映在静静地流着的水面上，显得分外晶莹。飞虫擦过水面，掀起了微微的涟漪，一时给月影也添上了一条条细小的皱纹。从树林里弯弯曲曲地流出来的小溪，在树林之间绕了一个半圆形，又隐没在树林里了。被树梢击碎了的月光投射在微暗的小溪上面，闪闪地发亮。在离水面四五尺处，水蒸气形成了一片薄薄的烟雾。

在收获萝卜的季节里到近郊去散步。到处可以看到农民们在这些细流边洗着萝卜上的污泥。

九

即使不谈道玄坂，也不谈白金，单说东京那些街道的尽头处吧，这里有的接连着甲州街道，有的通向青梅道、中原道或是世田谷街道。这些地方突入郊外的林地田圃，说不上是街道还是驿站，在一种生活和一种自然的结合中，呈现出一种独特的光景——我每当描写到这种地方时，就会诗兴大发，这不是也有些奇妙吗？为什么这种地方就会引起我们的感触呢？我可以很简单地回答这个问题。因为这种郊区的光景可以给人一种感觉：它是所谓社会的一幅缩图。换句话说，那些屋檐下面仿佛隐藏着两三个小故事，有使人深深悲切的故事，也有令人捧腹的故事；正是这种故事，可以使不论乡下人或是城里人，都受到感动。如果要更进一步来指出这些地方的特点，那就是，都会生活的残余和农村生活的余波在这里交混起来，徐缓地相互卷在一起了。

看吧，那边蹲着一只一只眼睛的狗，只要人们叫得出它的名字的地方，就属于这个郊区的范围以内。

看吧，那边是一家小小的饭馆，纸门上映出一个女人的影子，只听见她在大声地叫喊着，也不知道到底是在哭呢，还是在笑。屋外已经沉浸在黄昏的昏瞑中，飘浮着一种说不上是烟火还是泥土的气息。两三辆大车正打这里经过，咕噜咕噜的空车声，忽儿低下去，忽儿又高起来。

看吧，在那铁匠铺的门前站着两匹驮马，在它们的黑影旁边有两三个男人，正在悄悄地谈着什么话。铁砧上放着烧得通红的马蹄铁，火花冲破了黄昏的黑暗，几乎一直飞到大路中央。正在说话的人们不知怎的突然笑了起来。月亮已经升到了这一排家屋后面那些高大的橡树梢头，把对面那一排屋顶染得一片雪白。

煤油灯冒着黑色的油烟，几十个乡下人和城里人在跑来跑去，叫喊着。这里那里的堆满了各式各样的蔬菜。这是一个小小的菜市，小小的买卖场所。

这里大部分人家太阳一落山就上床了，可是也有一些直到深夜两点钟铺面房的纸门上还映着灯光的人家。理发店的后面是农民的住家，耕牛的哞哞声连大路上也听得见。酒店隔壁是卖豆豉的老爷爷的住家。他每天一清早就拖着"豆豉呀——豆豉呀——"沙哑的叫卖声向市区走去。夏天的夜短，不一会儿就天亮了，这时候，货车就开始在这里通过，咕噜咕噜、咯哒咯哒的声音延续不绝。一到九十点钟，蝉儿在路上看得见的大树梢头叫起来，于是天气也渐渐地热起来了。尘埃从马蹄、车轮下掀起来，在空中飞舞着。一簇簇的苍蝇掠过大路，从这一家飞到那一家，从这匹马身上飞到那匹马身上。

不久，远远地可以听到钟声当当地打了十二下，这时候，空中就响彻了从都市那边传来的汽笛声。

世界散文精品集丛书

❖**作者简介：** 志贺直哉（1883～1971），日本小说家。主要作品有《在城埼》、《和解》、《暗夜行路》等。

牵牛花

　　我从十几年前以来，年年都种牵牛花。不但为了美观，也因它的叶子可以作治虫伤的药，所以，一直都没有停止。不但蚊蚋，就是蜈蚣黄蜂的伤，也很有效。拿三四枚叶子，用两手搓出一种黏液来，连叶子一起揉擦咬伤的地方，马上止痛止痒，而且以后也不会流出水来。

　　现在我住的热海大洞台的房子，在后山半腰里搭了一座小房作书斋。房基很窄，窗前就是斜坡。为了安全，筑了一条低低的篱笆。篱下种上一些茶树籽，打算让它慢慢长成一道茶树的生篱。但这是几年前的事了，今年又种上了从东京百货公司买来的几种牵牛花籽。快到夏天时，篱上就爬满了藤蔓，有一些相反的蔓到地上去了，我便把它拉回到篱笆上。茶籽也到处抽出苗来，可是，因牵牛藤长得很茂盛，便照不到阳光了。

　　这个夏天，我家里住满了儿孙，因此，有一个多月，我都住在半山腰的书斋里。大概因为年龄关系，早晨五点钟醒来再也睡不着了，只好望望外边的风景，等正房里家人起来。我家正房风景就很好，书斋在高处，望出去视野更广，西南方是天城山、大室山、小室山、川奈的崎角和交叠的新岛。与川奈崎角相去不远，是利岛，更远，有时还可以望见三宅岛，但那只是在极晴朗的天气，一年中几次才能隐约望见罢了。正面，是小小的初岛，那后面是大岛，左边，是真鹤的崎角，再过去，可以望见三浦半岛的群山，是极难得的风景区。我以前也住过尾道、松扛、我孙子、山科、奈良等风景区，但比较起来还是这儿最好。

每天早晨起来，胡坐在阳台上，一边抽烟，一边看风景，而眼前，则看篱笆上的牵牛花。

我一向不觉得牵牛花有多美，首先因为爱睡早觉，没有机会看初开的花，见到的大半已被太阳晒得有些蔫了，显出憔悴的样子，并不特别喜欢。可是今年夏天，一早就起床，见到了刚开的花，那娇嫩的样子，实在很美，同美人蕉、天竺葵比起来，又显得格外艳丽。牵牛花的生命不过一二小时，看它那娇嫩的神情，不由得想起自己的少年时代。后来想想，在少年时大概已知道娇嫩的美，可是感受还不深，一到老年，才真正觉得美。

听到正房的人声，我便走下坡去，想起给上小学的孙女作压花的材料，摘了几朵琉璃色、大红色或赤豆色的牵牛花，花心向上提在手里，从坡道走下去，忽然一只飞虻，在脸边嗡嗡飞绕，我举起空着的手把它赶开，可是，它还缠绕着不肯飞开。我在半道里停下来，这飞虻便翘起屁股钻进花心里吸起蜜来，圆圆的花斑肚子，一抽一吸地动着。

过了一息，飞虻从花心里退出来，又钻到另外一朵花里去了，吸了一回蜜，然后毫不留恋地飞走了。飞虻只见到花，全不把我这个人放在眼里，我觉得它亲切可爱。

把这事对最小的女孩说了，她听了大感兴趣，马上找出《昆虫图鉴》来，一起查看这是一种什么虻，好像叫花虻，要不就叫花蜂。据《图鉴》说明，虻科昆虫的翅膀都是一枚枚的，底下没有小翅，蜂科的翅膀，则大翅下还有小翅。这只追逐牵牛花的虫儿，见到时认为是虻，就称作虻吧，到底是虻是蜂，现在也没搞清。

兔 子

这回，养了一只兔子，用檞树叶和竹叶喂它，以后杂草长出来，饲料就方便了。

从前，住在山科时，养过一次兔子；在奈良时，又养过一次，觉得养兔子也并不好玩。在山科是放养的，住在地板底下。院子里有很大的池塘，在池边的绿草上有四五只白色小动物在游戏，家里人觉得好玩。可是一到春天，近处菜地上长出许多蔬菜，那些兔子便从篱笆里钻出去，开始糟蹋起来，终于庄稼户有意见了，只好全送到别处去。因为是放养，可能恢复了它的野性，要逮住还很不容易。

在奈良时，厨房前有五六株青桐树，两边是土墙，另外两边张上了铁丝网，兔子便养在那里。好像在那里掏了洞生小兔了，挖开洞来看，弯弯曲曲的有四五尺深，洞底卧着四五只小兔，底下铺着草，母兔还揪下自己肚子上的毛，同草垫在一起，看母兔的胸腹，还露出红红的肌肉。光繁殖，也不想吃它，因此，放到春天的树林子里去了，其后再没有见过，一定是被人或狗逮住了。

现在养的一只，是这儿街道办事处在它刚出生时送给我们的。去年底，最小的女儿贵美子，提出要求："我们养兔子好么？"

"养大了要吃的，如果答应这个条件，那就养吧。"

"可以可以……反正养熟了，爸爸一定不肯杀了吃的。"孩子一开头就打算好了。

"不，杀了吃，一定的。"

"好，没有关系。"贵美子笑了。马上做了一只木箱，又在餐室前打了一个木柱，用一块尺半见方的木板，做一个像盘子似的台架，架在上面。贵美子把小兔抱来了，大概刚出生不过几天的样子。

白天，把小兔搁在台上，到晚放进木箱，搁在门间的水泥地上。

兔子很能吃，拉很多黑豆似的粪粒，每天早上把粪埋在牡丹根下，兔子渐渐大起来了。

把小木箱放在门台边，兔子听见天空中飞机飞过和长尾鸡啼叫的声音，便惊慌地逃进木箱去。鼻子总在索索地动，耳朵也好像很灵，只要听到远处的狗叫，马上竖起来，鼻子立刻不动，静静地伏着。有时站起两条后腿，两只长耳朵一会儿伸向前面，一会儿伏到后面。有时睡在阳光下，没精打采的样子，光竖起一只耳朵。

总之，是胆小的动物。有一次，楼上阳台上晒着被子，被子从上面挂下来，把它吓坏了，从高台上跳下，逃到院中树荫下躲起来了。有时猫儿想跳上它的木台，它把两只前爪趴在板沿上，索索地动着鼻子，很害怕地从上面向下张望。

贵美子一人在餐室吃饭，忽然听见吱吱的怪叫，连忙跑出去瞧，见狗正在追兔子，狗见了贵美子就逃走了，可是兔子也害怕贵美子，要逮也逮不住它。那时它眼睛上面已被抓伤，流出血来，留下了伤痕。

原以为它不会叫，可是后来留意到，也会发声，高兴时，发出咕咕的低音，走到人跟前，凹进了肚子，便咕咕地叫了。人也学它咕咕地叫，它又咕咕地叫了。倒是比原来想象更容易养熟的动物。最近熬了几个夜，夜里上厕所——厕所就在门间边上——开头，兔子听到脚步声，惊慌了，躲到台阶底下去，等我从厕所出来，却正在门外等着我，高高兴兴地围着我脚边绕圈儿。一直跟我到走廊下，我只好举脚把它赶开，关上了廊门。

已经长大了，原来那个木台不够大了，另外又打了木桩，造一个三尺见方的台架。早上从木箱放出来，它在这台架上，又是跑，又是跳，又是溜跌，一只后脚常常蹬空，总是闹个没完。人走过去，就靠拢来，已经不怕人了，却跟狗一样，故意逃开着玩儿。给它打

童年轶事

扫台架时，想叫它让开点可以打扫，它却蹲在那儿不肯移动，这也跟狗儿一样。也喜欢人用手去抚摸它，特别是按住它的头，把它的项颈扣在台板上，它便闭着眼睛不动了。养了三次兔，这一次最有趣了。因为饲料关系，家里已不养动物，大概由于好久不养，所以特别感兴趣吧。

从餐室玻璃窗，看外面木台上的兔子，是最近的一种娱乐。看看兔子的各种姿态，几乎一切都使我想起日本画中所画的兔子来，常常联想到宗达的画，画得很简单，寥寥数笔，便表现得特别生动。可是在看兔子时却很奇怪，没联想到栖凤的写实的兔子，光是写实，却抓不住兔子本来的神情。活着的兔子，可比栖凤的写实画，更接近宗达的写意画。想起来也是一件趣事。

叫孩子称了一称，兔子的体重已有四斤多了，背上的肌肉，摸起来很厚实。——住在邻近的 W 君最近教我杀兔的方法，要吃兔肉不用刀杀，只要一条带子勒住它的脖子，挂在门外钉子上，不用去看它，过一会就死了，也不流血，不知何时已经断气了。

可是我们这只兔子没有杀，实际上，我同贵美子一起，在刚养起的时候已经知道了。

❖**作者简介：** 宫城道雄（1894~1956），日本音乐家。其代表作有《雨中念佛》、《梦境》等。

四季的情趣

一位远走南洋的熟人，阔别十年之后突然来访。他说："我常回日本，不过总是在夏天回来，没赶上过日本的冬天。这次回来幸好是冬天，很想好好领略一下日本冬天的风味。"而我拥有四季，并不感到对生活的厌倦。

首先，春天到来，熏风吹拂，浑身酥暖。每年一到春天，便有一只小鸟飞到我的住处来，明年还会以同样的声音鸣叫，来的时间也似乎相同。这样相遇三年，从声音的高低和音色来判断，是同一只鸟无疑。我根据这印象谱写出《春来到》一曲。心想，连鸟儿也每年过着同样的生活呀！

春天的早晨，它似乎在告诉人们要抓紧工作，令人内心充满希望。当朝晖射进自己的窗户时，就感到该做点什么工作了。

春天的中午过后，如果是风和日丽，闲适静谧的日子，当感到和煦的日光爬上自己的面颊时，便传来省线电车驶过的声音。这一切使人感到悠闲自在。连听到院内鸟儿振翅起飞或高声鸣叫，都令人陶醉。

周围一丝风也没有，好像陡然忆起似的刮来一阵微风，庭园中的树叶和矮竹子叶摇曳不定，给人以舒畅之感。自古以来，每当月夜，人们往往思念故乡旧友以及遥远的往事。春闲之夜，来到昏沉

欲睡的廊檐边，心头不禁涌现许多往事。

外面传来赏花的人们熙熙攘攘的声音时，而我独自蛰居家中潜心学习也是桩乐事。春夜外出散步更让人心旷神怡，我虽不能亲眼目睹朦胧的月光，但我的身子却感到了这一点。这样的夜晚也常想起往事。

春雨连绵之日，听着各种雨声作曲时，心神集中，完成得好，尤其在夜间，睡卧在被窝里，倾听着院中落雨声是很有趣的。这时心中意识到春雨在敲打着刚刚发芽抽叶的树木。

雨天外出，一边听着雨落在雨伞上的声响，一边朝前走，怡然自得。这时，穿鞋的足音，不如穿高木屐的声音悦耳。

由春入夏，雨前或气候突变时，不知怎的，市内电车和汽车声，在我听来宛如海啸。

夏天，大清早起虽也心情爽快，但究竟不如夜晚更好。蚊烟香的气味，扇团扇的声音，都让人喜爱。一到夏天，也许因为门窗四敞大开的关系，近邻变得更近，各种声响传进我的耳中。夏夜吹横笛的声音最为美妙。被蚊子咬虽可厌，可是两三个蚊子一起飞来，发出的嗡嗡声宛如笙篁，也叫人难舍。同时，静听着电风扇的哼叫声，仿佛远海落日，波浪起伏的声音。这时，就像孤独一人被抛弃在那里，一种莫名的寂寞、悲凉之感油然而生。所以我时常默默地倾听电扇的声音。

夏天，我也不太愿意去避暑。因为出门在外，不如在家方便。怕麻烦别人，所以我尽量不去。虽说如此，近两三年来，却也时而出去一游。从去年起，夏天到叶山的家去住。盛夏，海岸喧闹异常。我住的地方背后便是山，下面连着海，房子正好位于半山腰。大海的喧闹对我的影响倒不大。因为身在山坡之上，可以尽情享受山间风趣。

早晨，群鸟争鸣。我去到房后，侧耳聆听这鸟鸣之声。有的长鸣，有的声声短啼，有的宛似人类嘲笑别人时的笑声，而有的声音低而悠长，犹如在召唤别人。根据我这些个观察，心里常想，鸟类的世界里也有语言。刚才还成群结队猬集此处的鸟群，不久之后，好像全飞走了，周围一片寂静。到某个时间，它们又都回到原来的地方来了。

在山上，茅蜩这种蝉叫得很起劲。原以为它傍晚才叫，它却从早起就叫。当然它最喜欢在黄昏时叫，我不知道山上太阳偏移的情况，但在白昼也常听到它叫。茅蜩的叫声，照我的观察，声音高低只有两类，是固定不移的。这就是以相差半个音来鸣叫。用日本高调来说，一个以 do 音在叫，一个以 xi 音在叫。在哪儿听也是如此。在街里，只听一只叫固然也不错，以半音之差，百蝉齐鸣，其妙趣简直无法形容。听着听着，似乎被吸进了奇妙的音的世界。

躺在被窝里静听海滨机帆船起航出海，也是种乐趣。船渐渐离岸远去，以为船声大概听不见了，不料却还能听得见。自己的心仿佛也随船远去。我认为海滨的夏天同样是很好玩的。

盛夏时节，开始叫的是梨蜩、螗螟蝉和茅蜩。一到寒蝉叫起，便知秋天临近了。

我儿时时常看到的是，一到初秋，空中打闪。听祖母说，这是稻谷丰收的预兆。其实，我就是从这闪电中体察到初秋的气氛的。

我曾记下这样一点，一到立秋，奇怪的是，蟋蟀等似乎固定在同一时刻开始叫。在立秋这天前后，秋虫便陆续开始唧唧鸣叫。而且我经常最早听到的秋虫声是蟋蟀的叫声，其次是变色音蛩的叫声。有趣的是最初只有一只，顶多两只左右在叫，日子一长，叫的虫就多了起来。

一进入初秋，不知不觉地风也变了。八月过半，便感到空气澄澈，头脑清晰。我的曲子，一年当中，完成于秋天的最多。我总是吊起金属的风铃来，喜欢听风吹铃的响声。秋风吹得铃响，声音虽无变化，也让人感到莫名的寂寞，好像它与从前的响声不同。风力恰到好处时，铃声悲凉而清晰；狂风大作时，挂着的长纸条皱皱巴巴发不出声来，即便有声，也是干巴巴的，让人想到已是晚秋了。还有秋天的阳光，照儿时留下的记忆，似乎带有黄色。

街里举行秋祭时，在大鼓、笛子等祭神的音乐伴奏下，抬着神舆走过的声音，凑近去听倒不如远远地听更有祭祀的情调。我喜欢祭祀的气氛，就我来讲，永远不希望废止这类活动。

到秋天，小鸟等也以和春天不同的声音在叫。老鹰沉静的叫声，给人以悠然之感。而且两只对叫比一只独鸣更有意思。也是听祖母说的，老鹰一叫，三天之内准下雨，是因为一下雨会冲走它父母的坟墓，所以它发出悲鸣。我至今还认为，一听见老鹰的叫声，不出三天就该下雨了。

秋夜，虽整夜聆听秋虫的声音，我也不感到厌倦。草云雀等不间歇地拉长声叫个不停。用短促的断音叫的是变色吟蛩，保持准确的拍节来叫的是蟋蟀。油葫芦的样子听说挺严肃，而声音其实比草云雀等还要平淡无奇，这倒也颇为有趣。油葫芦的叫声先高后低，我用音调笛子一比，最初是用比 xi 低半个音的声音叫起，然后变成比 la 低半个音的了。这声音听起来清亮柔和。

瘠螽叫时，开始是咻的一声，停一下，然后嚯的一声，收住翅膀，那拍节很有趣儿。蝈蝈儿、金琵琶也很有意思。但不论怎么说，人们最珍爱的是金铃子，把它推上秋虫的王座是有道理的，它的叫声高雅，可说最能代表秋声。

听秋虫叫，有趣的是，不管什么虫子，只要是同类的虫子，叫声的高低无大差别是很可怪的。即使有差别时，顶多不过半音。

谈到虫子，我忆起一件事，内田百闲先生有一天下午提着虫笼子来到我家。内田先生对音的世界颇有研究。这天他带来的是草云雀，我说："这草云雀我的院子里有。"第二天，他打发人送来了金琵琶。送来的时候，正赶上我练习弹筝很忙，所以竟不知道什么时候送来的。练筝结束，身子非常累，连话都懒得说，对于唱呀拉呀都感到厌烦，对弟子们也没好气儿。就在这时，金琵琶突然叫了起来。我就像听见了朋友安慰的话语一般，本来浑身累得软瘫瘫的，怎么都不得劲，这时仿佛全身的疲乏霍然消失，顿时身心轻松，非常快活。使我深感到朋友的可贵。那只金琵琶现在还活着，我走过走廊时，常常停下步来，倾听它的叫声。

秋月高悬的夜晚，我虽看不见，但能感觉到它，并且心里立即想象出儿时看见过的月亮。

秋天的落叶声，给人以似凄凉又似怕人之感，颇像梅特林克的《盲人》中的无形的东西。躺在被窝里听，这种感觉更加强烈。

秋末，一场晚秋雨过后，虫声也有声无力时，便感到苍凉的冬意袭人。再过一阵子，虫声一下停止，就到枯叶飞舞之时了。初冬，遇上晴和天气，如同小阳春一般。

秋天的食物松蕈上市时，最富于秋意。秋天吃用松蕈做的菜，非常可口。春天吃竹笋，初夏吃鲣鱼，实际上，人们往往因食物而忆起季节来。也会联想起往事。有个故事说，有个穷木匠，人们不敢随便给他小豆饭吃，如果在平常干活儿的日子给他小豆饭吃，他便撂下活计不定跑到什么地方去玩。这是因为祭祀之日必定吃小豆饭，他把这事牢记在心的缘故。

到了冬天，我便想起儿时看见过的青桔子，因为是刚摘下来的，皮硬，一摸疙疙瘩瘩的，同时气味也最强烈。这些，使我意识到初冬的来临。

入冬，把一直敞开着的拉门关闭起来，面向长火盆一坐，产生一种安适感。

冬夜，围着火盆，家人闲话；或跟彼此不客气的来客无休止地闲聊，不觉就是深夜，这也是别有风趣的。

吃食里，一家团圆吃肉素烧是件乐事。近来汽车多了，已享受不到了。从前我常送艺上门，夜间坐人力车回家，饿着肚子经过饭馆门前，眼睛虽看不见，但也能知道现在正走过什么饭馆的门前。不坐车步行时，各种饭菜的香味，更易钻进鼻孔。闻着鸡素烧的香味、西餐馆的气味、还有鳝鱼馆子的味儿，忍受着寒风吹扑面颊和脖颈，又冷又饿又累，不禁胸中涌起快些到家安享家庭温暖的念头。这时，回家便是个乐趣。

话头有些岔开了，我在汉城时，一个寒冷的黄昏，从北汉山刮来刺骨的寒风。我暖呼呼地坐在车上。那时父亲在釜山的衙门里做事，薪俸微薄。我忽然想到父亲现在干什么呢？想到父亲的处境，遂给他寄去了钱。这不算孝敬父母，只不过是在天寒时才想起来的。还有，听见枯树的声响，便会想起朋友及其他许许多多的事。

我一到冬天，因惧怕寒冷，便懒散地躺在被窝里用功。这也不用点灯，仰面而卧，用手摸着摆放在肚皮上的盲文书，或使用点字的工具书写。越到寒冷的深夜，越能沉下心去。一边听着拉门咔嗒咔嗒作响，一边作曲，格外舒畅。即便熬个通宵，也绝不感到劳累，而且用脑子，不久身子也会热起来的。不作曲时，照这样子读书，也能安下心去，字句容易印入脑海。这是盲人所独有的世界，那乐趣是好眼睛的人想象不到的。我常在自己的头脑中进行合奏，想象着音的世界，很有意思。

某精神病科的博士给我讲过这样的事，即有所谓内声，如心里想着神谕之类时，就能听到那声音。当我们想象着某种音乐时，照样也能听见那音乐。当然它与精神病科所说的神谕不同，但却很相似。

我在四季当中，对冬雨不太喜欢。雪对谁来说都是好东西。大体上雪是不声不响的。但下大了时，也能接连不断听到细小的声响。雪打在树叶上的声音和雨不同，非常有趣。还有不是雪，而是霰敲打发硬的树叶，发出的声响也很有趣。

下雪的早晨，在寂静无声中积下厚厚的雪，听着行人从雪上走过的声音，宛如听船上在摇橹。我在雪天喜欢到外面去走走。雪花敲打着雨伞，和雨点不同，让人心情愉快。走着走着，发现个子在变高，还有人闪到路旁去，敲打塞进木屐齿里的雪，极富于冬天的情趣。

雪后放晴，朝阳一照，雪开始融化，水滴落下发出各种声响。有的地方融化滴落得非常快，还有的地方竟以三连音滴落，而慢慢滴落的似乎是因为惧怕什么。我想象着在山里发生大雪崩时该是什么样子，于是想起波涛发出的哗哗声。树枝等也有沉甸甸地折落的时候。由于天气寒冷，白天化不尽，到了半夜，出乎意料，雪吧嗒一声落地，吓人一跳。

我一到冬天，最怕北风。凛冽的北风刮来，我的心情沉郁，身上也不得劲。在这样的日子，偏巧碰上有重要的演奏，便常因产生不出兴头而感为难。

还有，冬天邻近的山丘一下雪，我的住处即便不下，凭身上的冷感也能觉察到附近在下雪。妻子常常嘲弄我说："一到冬天，不定什么地方在下雪呀！"其实下没下我都知道。

我最喜欢冬天刮南风。这种时候，心绪好，身子也舒展。总之，细细体味四季的气氛，有种用口形容不出的乐趣。

世界散文精品集丛书

❖**作者简介：**罗宾德拉纳特·泰戈尔（1861～1941），印度诗人、作家。主要作品有《画与歌》、《戈拉》、《四个人》等。

孟加拉风光

在我的窗前，河的彼岸，有一群吉卜赛人在那里安家，支起了上面盖着竹席和布片的竹架子。这样的结构只有三所，矮得在里面站不起来。他们生活在空旷中，只在夜里才爬进这隐蔽所去，拥挤着睡在一起。

吉卜赛人的生活方式就是这样：哪里都没有家，没有收租的房东；带着孩子和猪及一两只狗，到处流浪；警察们总以提防的目光跟着他们。

我常常注意看靠近我们的这一家人在做些什么。他们生得很黑，但是很好看，身躯健美，像西北农民一样。他们的妇女很丰硕；那自如随便的动作和自然独立的气派，在我看来很像黧黑的英国妇女。

那个男人刚把饭锅放在炉火上，现在正在劈竹编筐。那个女人先把一面镜子举到面前，然后用湿手巾再三地仔细地擦着脸；又把她上衣的褶子整理妥帖，干干净净地，走到男人身边坐下，不时地帮他干活。

他们真是土地的儿女，出生在土地上的某一个地方，在任何地方的路边长大，在随便什么地方死去。日夜在辽阔的天空之下，开朗的空气之中，在光光的土地上，他们过着一种独特的生活；他们劳动，恋爱，生儿育女和处理家务——每一件事都在土地上进行。

他们一刻也不闲着，总在做些什么。一个女人，她自己的事做完了，就扑通地坐在另一个女人的身后，解开她的发髻，替她梳理；也许同时就谈论着这三个竹篷人家的家事，从远处我不能确定，但是我大胆地这样猜想着。

　　今天早晨，一个很大的骚乱侵进了这块吉卜赛人宁静的住地里。差不多八点半或是九点钟的时候，他们正在竹席顶上摊开那当作床铺用的破烂被窝和各种各样的毯子，为的晒晒太阳见见风。母猪领着猪仔一堆堆地躺在湿地里，望去就像一堆泥土。它们被这家的两只狗赶了起来，咬它们，让它们出去寻找早餐。经过一个冷夜之后，正在享受阳光的这群猪，被惊吵起来就哇哇地叫出它们的厌烦。

　　我正在写着信，又不时心不在焉地往外看，这场吵闹就在此时开始。

　　我站起走到窗前，发现一大群人围住这吉卜赛人的住处。一个很神气的人物，在挥舞着棍子，信口骂出最难听的话语。吉卜赛的头人，惊惶失措地正在竭力解释些什么。我推测是当地出了些可疑的事件，使得警官到此查问。

　　那一个女人直到那时仍在坐着，忙着刮那劈开的竹条，那种镇静的样子，就像是周围只有她一个人，没有任何吵闹发生似的。然而，突然跳着站起，向警官冲去，在他面前使劲地挥舞着手臂，用尖粗的声音责骂他。刹那间，警官的三分之一的激动消失了，他想提出一两句温和的抗议也没有机会，因此他垂头丧气地走了，就像完全变了一个人似的。

　　等他退到一个安全的距离之后，他回过头来喊："我只要说，你们全得从这儿搬走！"

　　我以为我对面的邻居会即刻卷起席篷，带着包袱、猪和孩子一齐走掉。但是至今还没有一点动静，他们还在若无其事地劈竹子，做饭或者梳妆。

❖**作者简介：** 罗宾德拉纳特·泰戈尔（1861～1941），印度诗人、作家。主要作品有《画与歌》、《戈拉》、《四个人》等。

美

序：伟人一生经受的巨大痛苦，在我们眼里也是美好的，高尚的。

夕阳坠入地平线，西天燃烧着鲜红的霞光，一片宁静轻轻落在梵学书院娑罗的树梢上，晚风的吹拂也便弛缓起来。一种博大的美悄然充溢我的心头。

……

认识到真实的美，美的崇伟，不是件容易的事。我们摈弃许多东西，把厌烦的许多东西推得远远的，对许多矛盾视而不见，在合乎心意的狭小范围内，把美当作时髦的奢侈品。我们妄图让世界艺术女神沦为女婢，羞辱她，失去了她，同时也丧失了我们的福祉。

撇开人的好恶去观察，世界本性并不复杂，很容易窥见其中的美和神灵。将察看局部发现的矛盾和形变，掺入整体之中，就不难看到一种恢宏的和谐。

然而，我们不能像对待自然那样对待人。周围的每一个人离我们太近，我们以特别挑剔的目光夸大地看待他的小疵。他短时的微不足道的缺点，在我们的感情中往往变成非常严重的过错。贪欲、愤怒、恐惧、忧愁妨碍我们全面地看人，而让我们在他人的小毛病中摇摆不定。所以我们很容易在寥廓的暮空发现美，而在俗人的世界却不容易发现。

　　今日黄昏，不费一点力气，我们见到了宇宙的美妙形象。宇宙的拥有者亲手把完整的美捧到我们的眼前。如果我们仔细剖析，进入它的内部，扑面而来的是数不清的奇迹。此刻，无垠的暮空的繁星间飞驰着火焰的风暴，若容我们目睹其一部分，必定目瞪口呆。用显微镜观察我们前面那株姿态优美的斜倚星空的大树，我们能看清许多脉络、许多虬曲以及树皮的层层褶皱，枝丫的某些部位干枯、腐烂，成了虫豸的巢穴。站在暮空俯瞰人世，映入眼帘的一切，都有不完美和不正常之处。然而，不抛弃一切，广收博纳，卑微的、受挫的、变态的，全部拥抱着，世界坦荡地展示自己的美。整体即美，美不是荆棘包围的窄圈里的东西，造物主能在静寂的夜空毫不费力地向世人昭示。

　　强大的自然力的游戏惊心动魄，可我们在暮空却看到它是那样宁静，那样绚丽。同样，伟人一生经受的巨大痛苦，在我们眼里也是美好的、高尚的。我们在完满的真实中看到的痛苦，其实不是痛苦，而是欢乐。

　　当我们完美地认识真理时，我们才真正地懂得美。完美地认识了真理，人的目光才纯净，心灵才圣洁，才能不受阻挠地看见世界各地蕴藏的欢乐。

❖**作者简介：**贾瓦赫拉尔·P·尼赫鲁（1889～1964），印度民族独立运动领导人之一，曾任印度总理。主要作品有《尼赫鲁自传》、《印度和世界》等。

光辉逝去

先生，我可以将我自己与您曾说过的话联系起来吗？在这议院的大厅向故去的伟人致以敬意，并以景仰之词寄托哀思，已成惯例。但在此时此刻，我心中不敢肯定我或是这大厅中的任何人是否有资格多言什么，因为无论是作为个人还是印度政府的首脑，我都为我们没能保护好我们时代最伟大的财富而感到十足的耻辱。正像过去的岁月里我们没能保护好许多善良的男人、女人和孩子一样，这是我们的失败；或许对我们或任何政府来说，这是个难以承受的负担和责任，然而，无论如何这是个失败。眼前的事实是，我们无限敬爱的巨人因我们没有保护好而逝去了，这对我们大家是个耻辱。我为自己作为一个印度人感到耻辱，因为居然是一个印度人对他这个当代最伟大的印度人举起了手；我为自己作为一个印度教徒感到耻辱，因为居然是一个印度教徒对他这个当代最伟大的印度教徒犯下了这种罪行。

我们可以挑选恰当的词语赞美某人，以一定的尺度估量某人的伟大，但是我们该如何敬仰、如何评估非同凡人的他（按：指甘地先生）呢？他来到世上，走完了他够长的人生旅程，而今去了。在此，我们的任何赞美之词都是没有必要的，因为他平生得到的赞美胜于历史上任何一个活着的人。自他逝去的二三天内，世界人民已对他表示敬意；对此，我们还能做些什么呢？我们如何能对他赞美？我们作为他的子孙，或许会比他肉体上的子孙情谊更重，因为我们在或大或小的程度上都是他的精神子孙，但我们怎能如此不配？

　　光辉已逝，温暖并照亮我们的太阳已落，我们在寒冷与黑暗中战栗。然而，他的意志不允许我们这样。毕竟，这多年来沐浴着我们的光辉，那与圣火在一起的他，已改变了我们——现在我们就处在这种情形之中，这些年来，我们的情操一直受到他的陶冶。从那圣火中，我们很多人取得了给我们以力量的火花，使我们能够在一定程度上像他那样工作着。所以，如果我们赞美他，语言便显得卑微；如果我们赞美他，一定程度上便是在赞美自己。伟人或天才有人们为他们塑造的纪念碑，而这个终生和圣火在一起的人却是我们亿万人心中的神龛，这使得我们成为他的一部分，尽管是在一定的程度上。他的精神就这样影响了全印度，不仅是大厦中或集会场所，而且遍于底层受难着的村庄和小屋。他活在亿万人的心中，并将与世长存。

　　在这个时刻，除了感到羞耻之外，我们还能说些什么？我们不能赞美他，因为语言在这里是无能为力的。用语言来哀悼他的逝去，我们几乎是在犯罪，因为他要求我们工作、劳动和奉献。在过去三十年还多的日子里，很大程度上是他使我们这个国家富于崇高的、无与伦比的奉献精神。他在这个事业上成功了，然而最后发生的事必定又使他受到莫大的苦难，尽管他从不呵责人，尽管他温和的面孔从不失却笑容。或许他注定要受此磨难——为他养育的我们这一代人的失败受此磨难，为我们偏离了他所指引给我们的道路而受此磨难。他最后的时刻是他的孩子——此人毕竟也像其他任何一个印度人一样是他的孩子——用手把他击倒了。

　　后世会对我们经历的这个时期做出评价，评价其成败得失——我们离这段历史太近了，难以恰当地评价它，难以明了已经发生的和没有发生的。我们只知道曾经有光辉照耀着我们，而今这光辉已逝；我们只知道眼前是黑暗，只是收视于内心时，才能发现他为我们点燃的火花。有此火花存在，大地将不会黑暗下去。想着他，走他的路，用我们的力量，我们将会使这片国土再次明亮起来；尽管我们渺小，但我们有他点燃的心灵之火。我想，无论是过去的时代里，还是将来的岁月中，他可以说是印度最伟大的象征。我们目前所处的便是过去和将来之间这个危险的时间边缘，我们面临着各种险境，我们看到代表着理想的他已经离开航船，我们只能在口上谈论他了。生活中发生着某种变化，我们能经受挫折吗？我们能在心灵和精神上不消沉吗？我们会失却信仰吗？这是我们面临着的最可怕的险境。然而，我坚信我们会很快地走出险境的。

在他活着的时候，他是圣雄；在他死后他依然是圣雄。我丝毫也不怀疑，他的死正像他的生一样已奉献于伟大的事业。我们哀悼他；我们将永远思念他，因为我们是人，我们不会忘记我们敬爱的导师。但我知道他不喜欢我们哀悼他。当他最亲近的亲人逝去时，他不曾落泪——他只有一个坚定的决心支持他，这就是服务于他所选定的伟大事业。所以如果我们只是哀悼他，他会责怪我们的。这不是我们对他表达敬意的方式，唯一方式应该是下定决心，以恰当的方式方法为他所从事并已取得极大成就的伟大事业作出自己的贡献。因此我们必须工作，必须劳动，必须奉献。由此至少在一定程度上证明，我们无愧于他的后继者。

很明显，正如大家所言，这个事件的发生，这个悲剧，不仅仅是一个疯子的孤立行动。它源生于那种仇恨与暴力和氛围之中，这种氛围长期以来，尤其是近几个月中笼罩了这个国家，它包围着我们，如果我们要完成他交付于我们的事业，我们必然要与这种氛围进行斗争，进行拼搏，直至根除这罪恶的仇恨与暴力。

就目前的政府而言，我相信它会采取一切手段不遗余力地解决这个问题，因为如果我们不这样做，如果我们出于软弱或是别的什么充足的理由，不去采取有效的措施来制止这种暴力，制止通过口传、语言或行动而流播的仇恨，那么我们这个政府便不称其职；我们当然也不配当他的继承人，更不配对已离我们而去的伟人进行赞美。所以此时此刻或是每当我们想起我们已故去的伟大导师的任何时候，就让我们想到工作、劳动和奉献，想到与我们随时碰到的邪恶进行斗争，想到坚守他带给我们的真理；这样的话，尽管我们能力有限，我们也尽了我们的职责，并以此向他的精神致意。

　　他走了，全印度有着一种凄凉与孤寂的感觉，我们所有人都处在这种感情之中，我不知道我们何时才能走出这种感情的世界，然而与此同时，在我们与这位伟人联系在一起的一代人心中也有一种自豪的感激之情。在未来的岁月中，或许是我们之后的千万年中，人们会想起是在我们这个时代这位来自上帝那里的人降临人世，人们会想起我们，尽管我们渺小，也能沿着他的路，踏着他的足迹，行走在神圣的国土上。让我们无愧于他。

童年轶事

❖**作者简介：**艾哈迈德·哈桑·齐亚特（1885～1968），埃及著名作家、评
论家。主要作品有《阿拉伯文学史》、《文学基础理论》等。

生活是美好的

    生活是美好的，只有被称为人的这类动物歪曲生活之美。因为
人类并未像其他万物生灵那样循着天定正途、大自然的引导和真主
的启示生活，而是按其自定法则生活，这些法则乃是其依据唯我主
义、狂妄自大和个人好恶所随意制定的。所以，他常对同类行恶，
与异类为敌。

    或许兽类会为食色而相互残杀，鸟类会为食色而相互撕咬，但
那种残杀和撕咬只是短暂的行为，既无预谋，亦无后仇，更没有伴
随其后的罪恶。而人类则与之不同，他是平安之中的浑浊，生活之
中的灰尘。他有记忆力，所以对往事念念不忘，将仇怨牢记在心；
他有洞察力，所以常为自己制造布满恐惧的未来。他的现在是永无
休止、永不消歇的炽烈厮杀，他要么为记忆中昨天的旧恨复仇；要
么为预见中今天的食物而不择手段地攫取；要么为想象中明天的恐
惧而小心防范。

    生活是美好的，比之更美好的是生灵，是能够感受、品尝、体
会到这种美好并以其点缀自身的万物生灵。鸟儿美于花园，因为它
懂得怎样将花园中的五颜六色装点到自己的羽毛上，将花园中的乐
曲集于自己的啭鸣；狮子美于森林，因为它能够使森林的威严活生
生地体现在它的威严之中，将森林的雍容和庄重体现在它的雍容和

庄重之中；骆驼美于沙漠，因为它将自己溶于大漠之间，使大漠中的山丘化为它的形体，将大漠的黄沙描绘在它的肤色之中；鲸鱼美于大海，因为大海是它生命的一部分，平静的海水、汹涌的波涛和湍急的水流便是构成它这部分生命的内涵。

仿佛大千世界之中的万物生灵都在追随着大自然，受其影响，与其同步共进，只有人类例外。因为他们偏离了主在创造他们时为他们确定的正途，主便只好专为他们派遣先知和使者，为他们开办学校提供经书，但光明怎能照进盲人之眼，雷声又焉能震动聋子之耳！

生活是美好的，它的美并不局限于某个民族而不惠予另一个民族，亦不局限于某个阶层而不惠予另一个阶层。它的美是主在上天与下界撒播的艺术灵光。让我们全身心地去追寻，尽情地去享受吧！凡有听觉、视觉和感觉的人，都会在每一个景致中发现美，都会在每一个地方感受到美。那些对生活之美熟视无睹的人，生活的自然之花在他们身上已然枯萎，他们的感官已然麻木，所以，存在于他们和世间万物之间的真实和正确的思维纽带已然断裂。

美是大自然保护生活、保存生命本质的手段，它以美使离散的东西重新聚合，使离散的生灵重新汇聚。同时，美是内心的愉悦，是心灵的光环，是精神的慰藉。谁的感觉和意识中充满了美，那他便青春永驻、处处是春天！

生活是美好的，美的感受，其表现是欢乐与幸福。你会看到：哪儿笼罩着暮气与忧伤，哪儿的生活便被疲惫所困扰，被丑恶所蚀化，被邪恶所败坏。那里生灵的悟性便会死亡，或者美丑被倒置，善恶被颠倒。大自然之美须由心灵之美去感应，生活的清醇须由心灵的清纯与之对应。对于那些感觉阴暗、暮气沉沉的人来说，生活的醇美他们是永远品尝不到的。

要成为心灵美的人，方能视万物皆美，包括原本丑的东西。何时你意识中充满了美的感觉、美的感受，世界便会在你心中显得无比美好，苦味在你口中便会变得甘之如饴，苦酿便会在你口中变成玉液琼浆，你会情不自禁地向往去尼罗河、花园岛和乡村一游，同鸟儿一道鸣唱，同蝴蝶一道飞舞，同鱼儿一道戏水。你可同富翁们比富有，同他们赛欢乐。你可以自豪地对他们说：美好产生出来的幸福远远超过金钱产生出来的幸福，金钱属于你们，你们只能自己享用，而美好则属于主，可把它施与众人！

　　生活是美好的，生活之子啊，你是这美好的继承者，你为何将头扭向别处，对它视而不见，将忌妒和仇视的目光投向那些生活奢侈的人们？他们终日沉湎于享乐，或上山行猎，或雪地溜冰，或水中浮游。君不见，开罗市区和郊外，有着不可胜数的天然美景，向生灵散播着无限的享受，这些美景和享受足以遏止你对富有的忌恨，足以平缓你对生活的愤怒。这美丽的尼罗河在它神奇的两岸之间奔涌向前，为两岸平添了许多娇美。有谁能阻止平民百姓在尼罗河中泛舟荡桨，有谁能阻止他们乘舟劈浪戏水，又有谁能阻止在尼罗河两岸举行各种比赛盛会和娱乐集会？你可以任意在早晚哪个时分在尼罗河岸边徜徉，都会感到在笼罩着岸边和水中的无边静谧之中，尼罗河仿佛在人迹罕至的旷野上奔流。倘若没有横跨两岸之间的座座大桥，没有这些；车马行人自东岸到西岸的必由之路，开罗人定会像赞颂穆盖塔木山那样赞颂它！

　　我们生活中的懒惰、软弱、气馁以及沮丧等诸般不快的阴影统统抛到了尼罗河中和花园岛上，从而使尼罗河像沼泽一般停止流动，使得花园岛像墓地一般静寂。所以，你看到人们默默垂首徜徉于尼罗河岸边或花园岛的花丛间，仿佛是在默默地注视或静静地反思！

世界散文精品集丛书

❖**作者简介：**穆罕默德·扎维（1938~ ），利比亚现代作家。主要作品有
《单程票上的记忆》等。

🌿震撼人心的纸条

　　我是一位没有留下地址和电话号码的加拿大女郎的情人。
　　一天早晨，这位女郎从开罗希尔顿饭店离我而去，她没有留下
地址和电话号码，但给我留下一张小纸条，她用娟秀的字体在上面
写道：
　　从你的身上，我发现了优秀的利比亚人。我爱名叫"利比亚"
的祖国。然而，离别是我们必须耐心越过的人生旅途的车站。或许
有一天，我们将重逢，也许我们将相会在利比亚。
　　这是一张震撼人心的纸条。
　　她的话，照亮了我的心灵深处，使我感受到从未体验过的传奇
般的快乐。她的意味深长的话使我的精神涌出自豪的清泉。她的亲
切的语言，让我觉得人世间充满了友谊和爱情。
　　这是第一位以独特的方式震撼我的心灵的女子。
　　她没有炫耀她那超群的美丽，她没有运用她那女性的武器，她
没有裸露她的丰乳和修长的大腿。
　　但是，她留下一张为我构成一个快乐、自豪，还有点得意的世
界的小纸条。
　　我是一位没有留下地址和电话号码的加拿大女郎的情人。
　　我曾结识许多女人，一个女人又一个女人。这一位讨厌我，我

又烦那一位。彼此萍水相逢，不过是逢场作戏而已。

我们有时连姓名也不互相通报。

我们有时告诉对方的是假名字。

我们胡编乱造地址与电话号码。

我们互相欺骗。

我们嘲弄对方。

我知道她们是骗子。

她们知道我是骗子。

然而，我们犹如露水夫妻，亲热地相偎依，恣意享受"游戏人生"。当启程的时刻到了，我们那漏洞百出的记忆露出破绽……我们又准备演下一场游戏。

临时的互娱关系，来得快，散得快。对我来说，唯一的、可靠的、持久的关系是与一名利比亚女子建立的夫妻关系。她耐心期待而无怨言。她倾心思念而无懊悔。

泪水如雨的利比亚女子，盼望着夜鸟归巢，但愿她的亲爱的鸟能善解人意。

在冬夜里，利比亚妇女带着孩子围坐在火炉旁，她对他们讲述出门人的故事，或许他将在第二天早晨敲响家门，带回礼物和盛情。

第二天早晨尽管他没有回来，但她将继续讲故事，她每天晚上进行构思，她设想自己补充的新情节，将带回出远门的心上人。

我是一位没有留下地址和电话号码的加拿大女郎的情人。

但是这次与以前截然不同。

倘若没有这张写有妙语的小纸条，这次邂逅也许是转瞬即逝的临时关系。

我先前在旅途中结识的女伴，无外乎出于好奇心与性爱，或为了消遣与解闷，而"祖国"这个字眼还不曾进入我和女伴交谈的话题。

女人们并不关心我属于哪个国家，而我也不在乎她来自哪个国家。

时间和情况不允许萍水相逢的旅伴着重介绍自己的祖国。可是，这位加拿大女郎超凡脱俗，大出我意料之外，喊出了"祖国"这个字眼。

哎！在祖国面前，我是多么渺小！

虽然我生来热爱祖国，但我只是它的一个普通的儿子。

难道这位加拿大女郎看透了我的心思，觉察出祖国在我心中，于是，她决定由此勾住我的魂？

难道我在梦话中说出了对祖国的思念，她想借此加深我的思念？

难道她悄悄地打开了我的笔记本，从中读到我在悲欢时刻对祖国母亲倾吐的心曲和衷肠？

难道她在我的眼波中荡舟，从而发现远方有一个杰出的、伟大的祖国。她写这张纸条是为了肯定这个发现？

她没有给我了解真相的机会，只留给我这张震撼人心的小纸条。

我有一位邻居，他的外国妻子对他说："我爱你直到永远，但我不爱你的祖国，我不能在那里生活。"

他与她分道扬镳，家庭破裂了，两个像皓月一样美丽的儿子也各奔东西。

但是，这位女郎没有对我说"我爱你"，却对我说，"我爱你的祖国"。

这位非常美丽可爱的加拿大女郎，属于有自己的哲学、价值观和利益的西方世界，却真心实意地对我说："我爱你的祖国。"

她爱它，不是因为它有浩瀚的油海；

她爱它，不是因为它有温暖的、光照四方的太阳；

她爱它，不是因为它有一望无际的大沙漠；

她爱它，不是因为它的国土上充满沙漠之舟——骆驼。

她爱它，是因为它是塑造男子汉的国家。

在我多次的国际旅行中，我常常受到这样的责难：

你的祖国很落后；

你的祖国干燥、严酷；

你的祖国给世界添麻烦；

你的祖国与沙漠、帐篷联系在一起。

我与这些信口开河、出言不逊的人辩论，我们争得面红耳赤。我力图向他们表明，我的祖国是一个友好、公正、进步的国家。可是，在大多数情况下，他们不相信或不以为然，因为他们的脑袋里塞满了偏见，已无法装进真实的新事物。

然而，这位加拿大女郎却能够毅然冲破西方世界为自己的利益而设置的樊篱，喷发出诚挚的爱的清泉。就是这位非常美丽可爱的女郎，手握高雅的笔管，在纸上直抒胸臆："我爱名叫'利比亚'的祖国。"

哎，我在祖国的名字面前显得多么渺小啊！

唉，我是一位没有留下地址和电话号码的加拿大女郎的情人。

假如我是一只鸟……

假如我是一片云……

假如我是一个浪……

假如我是一阵风……

而我是一个爱国的人，已成家立业，我的利比亚妻子正搂着孩子盼望夜鸟归巢，或许她的心爱的鸟不甘旅途的寂寞、曾落入另一个温暖的窝。

我接触过数十位女人，我还将结识另外一些女人，但我的心里只惦记着两位女人：

一位耐心期待而无怨言，倾心思念而无懊悔的利比亚女人；一位在早晨离我而去却没有留下她的住址和电话号码的加拿大女郎，但她留给我的一张小纸条，上面写着："我爱名叫'利比亚'的祖国。"

世界散文精品集丛书